Connaissez-vous dans la série SUN VALLEY les premiers romans d'Elizabeth et Jessica ?

Demandez à votre libraire les titres que vous n'avez pas encore lus.

FRANCINE PASCAL

Faux pas

Traduit de l'américain par
Anne Dautun

Sun Valley

HAUTE TENSION

L'édition originale de ce roman
a paru en langue anglaise chez Bantam Books, Inc., New York,
dans la collection SWEET VALLEY HIGH[T.M.]
sous le titre :

MEMORIES

© *Francine Pascal, 1985*
© *Hachette, 1988.*
79, boulevard Saint-Germain, 75006 Paris.
Tous droits de traduction, de reproduction et d'adaptation
réservés pour tous pays.

1

« *S*teven ! Ça ne va pas ? » demanda Ned Wakefield en levant les yeux du livre qu'il était en train de lire.

Sans répondre, Steven dépassa la chambre de ses parents et se réfugia dans la sienne, dont il claqua la porte. Alice Wakefield adressa un regard soucieux à son mari.

« Qu'est-ce qu'il y a ?

— Je l'ignore, soupira Ned Wakefield. Steve allait beaucoup mieux, depuis quelque temps. Il semblait oublier Pat. Pourvu que ce ne soit pas encore ce qui le tracasse. »

Hélas ! Si, c'était ce qui tourmentait Steven. Il s'était ces derniers temps délivré du souvenir de Patricia Martin et se le reprochait amèrement. Allongé sur son lit, il se laissait envahir par la vision de sa belle amie aux cheveux blond véni-tien, aux yeux bleus lumineux. La mort l'avait séparé d'elle plusieurs mois auparavant, mais il s'était juré de la garder toujours présente au fond de son cœur.

Après la disparition de son amie, Steven avait sombré dans la dépression, malgré le soutien et l'affection de ses proches. Récemment, il avait paru surmonter son chagrin. Jessica l'avait alors encouragé à sortir avec des filles et ses amis lui avaient adressé de nombreuses invitations. Au cours du week-end écoulé, Steven avait enfin éprouvé le désir de voir du monde pour la première fois depuis la mort de Pat. Il avait accepté de se rendre à une soirée donnée par Lila Fowler, une camarade de classe de ses sœurs jumelles Jessica et Elizabeth, et avait invité la sœur aînée de Patricia, Betsy, à venir elle aussi avec son ami Jason Stone.

Les Fowler étaient l'une des plus riches familles de Sun Valley et une fête chez eux était toujours un événement. De façon inattendue, Steven avait passé une soirée agréable grâce à la présence de Clara Walker, l'amie intime de Jessica. Quelques semaines auparavant, Jessica s'était mis en tête de rapprocher son frère et sa meilleure amie. Mais le rendez-vous qu'elle leur avait arrangé avait tourné au désastre. Or, ce soir-là, en retrouvant Clara, Steven avait découvert qu'elle avait, elle aussi, ses problèmes et qu'elle avait changé. Et Clara avait su le faire sourire.

Les choses s'étaient gâtées lorsqu'il l'avait entraînée sur la piste de danse. Betsy Martin avait abordé Steven avec indignation — bien que tous deux eussent trouvé beaucoup de réconfort l'un auprès de l'autre, depuis le décès de Patricia.

« Je vois que tu t'amuses bien, avait-elle lâché d'un ton glacial.

— Oui, la soirée est agréable, avait admis Steven non sans malaise.

— Tu me déçois, avait poursuivi Betsy d'une voix vibrante de colère. Je croyais que tu aimais ma sœur. Mais il suffit qu'une autre fille s'intéresse à toi pour que tu l'oublies ! »

Atteint en plein cœur, Steven n'avait su que répondre à cette accusation. Il avait quitté brusquement la fête et était rentré chez lui sans même dire au revoir à Clara.

En cet instant, allongé sur son lit, Steven s'avouait que Betsy avait eu raison de lui faire des reproches. Il n'avait pas le droit de s'amuser alors que sa bien-aimée était morte. Il se mit tout à coup à pleurer en pensant qu'il avait été infidèle au souvenir de Pat. *Cela ne m'arrivera plus,* se dit-il. *Plus jamais !* »

« Alors comme ça, Todd est de passage à Sun Valley ? Je comprends pourquoi tu es de si bonne humeur, ce matin, observa Mme Wakefield d'un air malicieux.

— On va passer la journée ensemble », annonça gaiement Elizabeth.

Todd Wilkins, le garçon dont elle était amoureuse depuis longtemps, était parti s'installer dans le Vermont avec sa famille quelques temps auparavant. Il était revenu à l'improviste à Sun

Valley pour régler quelques affaires en suspens et, la veille au soir, avait surpris Elizabeth en venant sans prévenir à la fête de Lila. En la voyant danser avec un garçon, il s'était imaginé qu'elle l'avait oublié auprès d'un autre. Blessé, il avait aussitôt quitté la demeure des Fowler. Mais Elizabeth avait réussi à le rejoindre et à dissiper le malentendu. Aujourd'hui, elle avait hâte de le retrouver et de passer quelques heures avec lui.

Mme Wakefield apporta sur la table le plat d'œufs brouillés qu'elle venait de cuisiner et son regard se posa sur Jessica. Il lui arrivait encore de s'étonner de la ressemblance parfaite de ses jolies jumelles de seize ans. Elles avaient toutes deux des cheveux dorés, de magnifiques yeux bleu-vert et, exception faite du minuscule grain de beauté qu'Elizabeth avait sur l'épaule droite, leurs minces silhouettes d'un mètre soixante-huit étaient en tous points identiques. Mais la similitude des deux filles s'arrêtait là. Elles avaient, en effet, des caractères opposés. Elizabeth était calme et raisonnable, alors que l'impétueuse et indisciplinée Jessica était en perpétuelle ébullition. En cet instant, elle rapportait avec vive animation les événements de la veille.

« Lila m'a téléphoné après le retour de Steve à la maison, disait-elle d'un ton dramatique. Elle m'a raconté que Betsy a fait une scène incroyable devant tout le monde, parce que Steve dansait avec Clara.

— Vraiment ? s'étonna Mme Wakefield. Cela ne lui ressemble pas.

— C'est du Betsy tout craché, oui ! s'écria Jessica. Une vraie vipère. Je me demande pourquoi Steve la fréquente.

— Ils sont amis, souligna Elizabeth.

— C'est gênant, à la fin ! s'exclama Jessica d'un ton dégoûté. Quand je pense que cette fille a habité chez nous ! Tous mes amis ont été horrifiés, quand ils ont su qu'on hébergeait une Martin. »

Jessica n'était pas la seule à mépriser la famille Martin. Sun Valley était une petite cité modèle de la Californie, elle avait pourtant son quartier mal famé. C'était là, dans une baraque délabrée, que vivaient Betsy et son père. Il était le poivrot de la ville et, peu de temps auparavant, Betsy se droguait encore et passait pour une fille facile. Seule Pat avait su résister aux difficultés et surmonter une situation défavorable. Sa disparition avait bouleversé Betsy, que ce tragique événement avait amenée à remonter la pente. Elle s'était équilibrée et avait même obtenu une bourse pour étudier à la rentrée dans une école d'art, grâce à son talent en dessin.

Quand Steven était déprimé, Betsy était presque toujours celle dont il recherchait la compagnie et qui savait lui apporter du réconfort. Ned, Alice et Elizabeth approuvaient cette amitié. Mais Jessica voyait les choses d'un autre œil. Selon elle, la fréquentation de Betsy était nuisible à Steven : elle lui rappelait Pat et prolongeait son chagrin.

9

« Où est Steve ? s'enquit M. Wakefield en se servant du café.

— Je l'ai appelé pour le petit déjeuner, mais il n'avait pas faim, répondit sa femme. Alors je l'ai laissé dormir. Il faudrait tout de même qu'il mange un peu.

— Je monte le chercher, dit Jessica avec entrain.

— J'espère que tu sauras le persuader de venir, soupira sa mère.

— Compte sur moi, m'man ! J'arriverai à mes fins. Aucun homme ne me résiste jamais. »

Jessica adressa un petit clin d'œil à la tablée familiale et sortit en coup de vent.

« Quelquefois, je voudrais bien être aussi désinvolte qu'elle avec les garçons, observa pensivement Elizabeth en versant un peu de miel dans son thé.

— Je croyais que vous vous étiez mis d'accord, Todd et toi, dit sa mère d'un air soucieux.

— Oui, bien sûr. Mais c'est très dur pour nous d'être séparés. »

Depuis le départ de Todd, Elizabeth n'était plus en contact avec lui que par courrier ou par téléphone. Et cela était loin de valoir une vraie présence ! D'une certaine façon, Liz était désormais aussi seule que son frère. Todd et elle avaient décidé de se forger une nouvelle vie, mais elle n'y parvenait pas aisément.

« Mission accomplie, annonça Jessica d'un ton triomphant en revenant dans la cuisine baignée de soleil. Steve descend tout de suite. »

A l'instant où elle allait se rasseoir, la sonnette d'entrée retentit. Les Wakefield se dévisagèrent avec surprise : ils n'avaient presque jamais de visiteurs à une heure aussi matinale.

« C'est peut-être un colis pour moi, suggéra Mme Wakefield que son travail de décoratrice d'intérieur amenait souvent à commander des échantillons pour un client.

— Bon, je vais répondre, puisque je suis debout », soupira Jessica.

Elle disparut dans le couloir, alors que la sonnette retentissait à nouveau, pour reparaître quelques instants plus tard, rembrunie. Betsy Martin la suivait de près.

« Ça alors, Betsy ! Quelle bonne surprise ! s'écria avec chaleur M. Wakefield.

— Joins-toi à nous pour le petit déjeuner, proposa Alice en offrant une chaise à la visiteuse.

— Oui, n'hésite pas, on a de quoi nourrir un régiment, renchérit Elizabeth, désireuse de compenser l'évident manque d'enthousiasme de sa jumelle.

— Merci à tous, mais je ne vais pas rester longtemps. Steve m'a téléphoné il y a une demi-heure pour me demander de faire une balade avec lui. »

Jessica surprit le regard aigu d'Elizabeth, détourna les yeux. D'évidence, ce n'était pas son pouvoir de persuasion qui avait tiré Steven du lit.

« Ah ! le voilà », reprit Betsy en entendant du bruit dans l'escalier.

Steven entra bientôt d'un pas traînant dans la

11

cuisine. Ses yeux cernés révélaient qu'il n'avait guère dormi.

« Bonjour tout le monde », dit-il sans entrain.

Inquiète, Alice Wakefield proposa encore à Steven et Betsy de partager le déjeuner familial.

« Non, merci, je n'ai pas faim », répondit Steven.

Jessica alla ouvrir le réfrigérateur, y prit un pichet de jus d'orange frais et en servit un verre à son frère.

« Tiens, avale au moins ça. Ça te fera du bien. »

Steven esquissa un sourire et but d'assez bonne grâce le verre que lui offrait sa sœur.

« Et toi, Betsy ? Tu en veux aussi ? » s'enquit Elizabeth d'un ton appuyé.

L'attitude de Jessica l'agaçait. Betsy avait sans doute fait de la peine à Steven, la veille au soir, mais ce n'était pas une raison pour se montrer grossière avec elle.

« Non, merci, répondit Betsy en voyant Steven prêt à partir.

— Salut tout le monde ! lança ce dernier en entraînant Betsy vers la porte. A tout à l'heure. »

Elizabeth les regarda s'éloigner dans le couloir.

« Eh bien ? Qu'est-ce que vous dites de ça ? demanda-t-elle lorsqu'ils furent sortis.

— Ils n'ont pas l'air fâchés », commenta M. Wakefield.

Jessica s'assit et contempla son assiette, la mine renfrognée.

« Et voilà ! Mes œufs brouillés sont froids ! Tout ça à cause de cette bonne à rien.

— Oh, ma pauvre petite ! ironisa Elizabeth en voyant que le plat de sa sœur était pratiquement vide. Quel malheur ! »

Jessica se releva d'un geste boudeur.

« Quand je pense que ma propre sœur, ma sœur jumelle, se moque pas mal que je crève de faim ! » Elle hocha la tête avec une mimique catastrophée. « Liz, ce que tu peux être méchante !

— Et toi, Jessica, quelle comédienne tu fais ! rétorqua sa jumelle en souriant. Tu gaspilles ton talent, en famille. Il serait grand temps que tu le déploies sur scène, tu sais.

— Vous devriez faire équipe, observa Ned Wakefield en sirotant son café. Liz, tu écrirais les pièces, puisque tu es notre futur prix Nobel. Et toi, Jess, tu les jouerais.

— C'est une idée super, papa, admit Jessica. Mais le théâtre ne me suffira pas.

— Pourquoi ? pouffa Elizabeth. Tu as l'intention d'engraisser ?

— Ha-ha, très drôle, ricana Jessica en jetant un regard noir à sa sœur. A la réflexion, je trouve que je suis plutôt faite pour le cinéma, poursuivit-elle. On gagne plus de fric et on est célèbre dans le monde entier.

— Génial comme projet, glissa Mme Wakefield avec malice. Mais pour le moment, on ne distribue que des rôles d'aide-cuisinière. » Elle se leva et déposa une pile d'assiettes sur le plan de travail. « Qui veut passer une audition ?

— Je veux bien tenter ma chance une fois, grimaça Jessica. Mais ne compte pas sur moi pour faire carrière.

— Ma chérie, je n'ai pas l'habitude de compter sur toi, plaisanta sa mère. Ned, j'ai plusieurs clients à contacter. Et toi, quels sont tes projets, aujourd'hui ? »

M. Wakefield était un avocat renommé et travaillait souvent après les heures de bureau ou pendant le week-end.

« Je dois aller consulter les archives à mon cabinet, répondit-il. Je voudrais réexaminer les affaires analogues à celles que j'ai en cours pour étayer ma plaidoirie. Bon, eh bien, les filles, nous vous laissons la garde de la maison. »

Absorbées par leurs pensées respectives, les jumelles s'attardèrent quelques instants à table après le départ de leurs parents. Jessica s'écria tout à coup :

« Ah, mince, Liz ! Le match de volley est dans quelques jours. On devrait peut-être s'entraîner un peu, cet aprèm. »

Dans le cadre d'un gala de charité, Sun Valley devait jouer contre Big Mesa à la fin de la semaine et, ainsi que plusieurs de leurs amis, les jumelles s'étaient portées volontaires pour faire partie de l'équipe de leur lycée.

« J'aimerais bien m'entraîner, mais je préfère passer ma journée avec Todd, répondit Elizabeth. On verra demain. »

Le rappel de Jessica raviva ses inquiétudes. Le match en lui-même ne la tracassait guère, bien qu'elle eût besoin de travailler son service.

C'était le bal prévu ensuite qui la tourmentait. Ce serait la première fête scolaire importante depuis que Todd avait quitté Sun Valley, et Elizabeth, qui répugnait à s'y rendre seule, se demandait si elle devait se chercher un cavalier.

« Pourquoi les choses sont-elles toujours si compliquées ? » soupira-t-elle à mi-voix comme pour elle-même.

Jessica lui jeta un regard inquiet.

Malgré leurs tempéraments opposés, les deux filles étaient très intimes et avaient entre elles un lien particulier.

« Tu as un problème ? demanda-t-elle avec sollicitude.

— Pas vraiment, assura Elizabeth. Ça s'arrangera avec le temps. »

Jessica se garda d'insister. Liz lui ferait part de ses soucis lorsqu'elle y serait disposée.

« Bon, tant mieux. Alors, tu préfères auditionner pour quel rôle ? Balayeuse ou opératrice de lave-vaisselle ? »

Steven et Betsy longeaient en silence le trottoir, dépassant une à une les jolies maisons basses du quartier, aux jardins bien entretenus.

« Ça se passe bien, à la fac ? demanda enfin Betsy.

— Oui, assez », répondit Steven en balayant un caillou d'un coup de pied.

Il était en première année de faculté et vivait dans une résidence universitaire, non loin de Sun Valley. Du temps où il sortait avec Pat, Steven ne rentrait à la maison que pour le week-end. Après la mort de son amie, il avait temporairement abandonné les cours pour se réfugier dans la demeure familiale, où il venait plus souvent depuis. C'était pour lui un abri sûr dans les moments de détresse.

« Je suis heureux que tu sois là, Betsy, reprit-il. Je me suis souvenu que Jason faisait cours et que tu serais peut-être libre. »

Betsy sourit à la mention du nom de son copain, un ami de faculté de Steven qu'elle avait rencontré grâce à lui. Jason Stone donnait des cours de dessin tous les samedis au *Community Center* de Sun Valley.

« Oui. Il tient beaucoup à son travail. C'est un prof merveilleux.

— Tout le monde le dit. »

Il se fit un nouveau silence et Steven et Betsy continuèrent à marcher. Ils ne tardèrent pas à pénétrer dans un petit parc très fleuri.

« On s'assoit un moment ? proposa Steven en désignant l'un des vieux bancs de bois.

— Volontiers, dit Betsy en s'installant auprès de son compagnon. C'est si joli, ici, ajouta-t-elle en regardant autour d'elle. J'aimerais réussir à peindre cet endroit.

— C'était l'un des coins favoris de Pat, révéla Steven.

— Steve... je crois que j'ai été trop brutale avec toi, hier soir.

— Non, pas du tout. Et je tenais à te dire que tu as eu raison de réagir comme tu l'as fait. Clara Walker est une chic fille, mais elle ne remplacera jamais Pat.

— J'ai eu si peur, Steve, reprit Betsy. J'ai cru que tu commençais à l'oublier et j'ai voulu lutter contre ça. Tu comprends, poursuivit-elle avec ferveur, tant que nous nous souviendrons d'elle, Pat restera toujours vivante.

— Je sais », répondit Steven.

Le regard de Betsy et le sien se croisèrent, dans une compréhension muette. Un oiseau se posa soudain près du couple d'amis et se mit à chanter. Betsy le contempla d'un air attendri.

« Je t'ai raconté la fois où Pat s'était déguisée en rouge-gorge pour une pièce de l'école ? demanda-t-elle.

— Non, dit Steven en souriant. Quand ça ?

— Lorsqu'elle était en cours préparatoire. Ce qu'elle était mignonne ! »

Betsy poursuivit son récit avec animation et Steven l'écouta en silence. Tous ces souvenirs allégeaient son chagrin.

2

« *Où est-il passé ? »* se demanda Jessica en éparpillant d'un coup de pied une pile de vêtements. Impossible de retrouver son maillot de bain préféré. Elle s'accroupit pour regarder sous son lit. *« Non, pas là non plus. »*

Elizabeth avait déclaré une fois que si l'on plaçait côte à côte une photographie de la chambre de Jessica et celle d'un tremblement de terre, personne n'y verrait de différence, et le désordre qui régnait ce jour-là dans la pièce tendait à confirmer sa boutade. Mais Jessica adorait sa chambre qu'elle trouvait très accueillante.

« Oh, bon, tant pis, soupira-t-elle à voix haute. Je n'ai plus qu'à chiper le maillot rose de Liz. »

C'était presque toujours ainsi que Jessica résolvait ses problèmes vestimentaires. Par chance, Elizabeth était allée au centre commercial avec son amie Enid et ne serait donc pas témoin de ce nouvel "emprunt".

Jessica resserra la ceinture de son peignoir et se faufila jusqu'à la chambre de sa jumelle, dans le couloir. Alors qu'elle s'apprêtait à entrer, elle entendit sa mère parler au téléphone. La conversation qu'elle surprit la cloua sur place.

« Le réalisateur de cinéma ! C'est très excitant ! Je ne savais pas que c'était un parent à toi, Sharon. »

L'esprit en éveil, Jessica se souvint aussitôt que la seule amie de sa mère qui portât ce prénom était Sharon Egbert, la mère de Winston. Était-il possible que ce gugusse de Winston fût parent d'un metteur en scène d'Hollywood ? Immobile près de la porte, Jessica tendit l'oreille.

« Alors, si je comprends bien, ce seront de grandes retrouvailles familiales. J'espère avoir l'occasion de le rencontrer », reprit Mme Wakefield.

Et moi donc ! pensa Jessica.

« Oui, bien sûr, répondit sa mère après un temps de silence. S'il vient pour se reposer, je comprends qu'il veuille rester incognito. Compte sur moi, je ne dirai rien à personne. Au fait, Sharon, pour la lampe de chevet dont tu m'as parlé... »

Jessica se faufila dans la chambre, alla ouvrir le tiroir de la commode où sa sœur rangeait avec soin ses tenues de bain. Le une-pièce rose vif se trouvait au sommet de la pile. Jessica s'en saisit, fit glisser son peignoir d'un geste et enfila le maillot en un éclair. *Pas mal,* pensa-t-elle en admirant sa silhouette dans le miroir.

Et elle se hâta vers la salle de bains où elle acheva de se préparer tout en réfléchissant. Un réalisateur de cinéma chez les Egbert ! Que c'était excitant ! Elle avait hâte de confier le secret qu'elle avait surpris à Lila et Clara. A elles trois, elles ne tarderaient pas à percer à jour l'identité du nouveau venu !

Jessica descendit dans le jardin, déplia une chaise longue et s'y installa. Alors qu'elle finissait d'étaler de la lotion solaire sur ses longues jambes fuselées, une pensée soudaine la traversa. Pourquoi mettre Clara et Lila au courant de sa découverte ? Elles n'auraient plus qu'une idée en tête : obtenir un rôle dans un film. Jessica s'allongea sur sa chaise avec des grâces de chat tout en songeant qu'il n'y avait qu'une personne à Sun Valley qui méritât de faire carrière au cinéma : elle-même. *Cavalier seul,* conclut-elle en son for intérieur. *Je mènerai mon enquête sans elles.* Jessica ne doutait pas de parvenir à ses fins. Mais par quel stratagème ? *Voyons voir...* songea-t-elle. Et elle ferma les yeux pour mieux réfléchir...

« C'est la mieux de toutes celles que tu as essayées, Liz, commenta Enid d'un ton approbateur. Elle te va très bien. »

Elizabeth tournoya devant le miroir à trois faces de *The Designer Shop,* pour mieux juger de l'effet d'ensemble.

« La longueur n'est pas idéale, mais tu as raison, admit-elle en contemplant la robe à fines bretelles. C'est la plus jolie. »

Et elle rentra dans la cabine pour se changer, tout en bavardant avec Enid à travers le rideau.

« Je crois que je vais la prendre. Il y a un siècle que je ne me suis pas offert une nouvelle robe.

— Tu n'as pas l'air très emballée.

— Bof, non. Si je n'avais pas promis de participer au gala de charité, je ne me mettrais pas en frais, avoua Elizabeth. Ça me fait tout drôle d'aller à un bal sans Todd.

— Je te comprends. Moi aussi, j'ai eu du mal à me passer de George. Il m'arrive encore de me sentir abandonnée, sans lui. »

Elizabeth éprouva un élan de compassion envers son amie. Enid Rollins et George Warren étaient sortis ensemble presque aussi longtemps que Todd et Liz. Mais George avait une nouvelle copine, maintenant : Marian Wilson.

Fin prête, Elizabeth sortit de la cabine et paya son achat. Puis les deux amies déambulèrent dans l'agréable centre commercial, toujours très animé le dimanche car les boutiques ne fermaient pas.

« Si on prenait un pot ? proposa Elizabeth.

— Volontiers. J'ai très envie d'un soda. »

Les deux filles se dirigèrent vers *Howard Delicatessen*, où elles ne tardèrent pas à se retrouver attablées devant deux boissons aux plantes, bien placées pour observer les promeneurs.

« Alors, et cette journée avec Todd ?

— Géniale. Je l'ai accompagné pendant qu'il

s'occupait des affaires que son père avait laissées en suspens, et puis on est allés au resto.

— Je suppose que tu l'as conduit à l'aéroport ce matin ?

— Non. On a préféré éviter les adieux en public. C'était plus facile comme ça.

— On dirait que vous vous êtes mis d'accord sur un certain nombre de choses, tous les deux. »

Elizabeth acquiesça.

« Oui. Bien que j'hésite encore à me trouver un cavalier pour le bal. Et toi, que comptes-tu faire ?

— Je ne sais pas très bien. Je pense que... » Enid s'interrompit. Surprise par l'étrange expression de son amie. « Liz, qu'est-ce qu'il y a ? On croirait que tu viens d'apercevoir un fantôme. »

Elizabeth parut troublée.

« Ce n'est pas impossible. Écoute, je viens de voir Todd. Il sortait du magasin de chaussures, là en face.

— Todd ? s'étonna Enid en se tournant vers la boutique. Voyons, il vole quelque part au-dessus des Etats-Unis en ce moment. »

L'agitation d'Elizabeth s'accrut.

« Enid, c'était lui, j'en suis certaine.

— Alors, il aurait manqué son avion ?

— Pourquoi pas ? Et s'il a téléphoné chez moi, mes parents lui ont sûrement dit que j'étais ici. »

Les grands yeux verts d'Enid s'écarquillèrent d'incrédulité.

« Liz, tu as des visions. Tu penses trop à Todd.

— Qu'est-ce qu'on fait à rester assises ici ? s'exclama Elizabeth en dédaignant la remarque. Viens, on va le rattraper. Il se dirigeait vers la fontaine. »

Pendant la demi-heure qui suivit, les deux amies fouillèrent le centre commercial de fond en comble, explorant chaque boutique. Mais elles ne trouvèrent pas trace de Todd. Enid finit par proposer à Elizabeth de téléphoner chez elle, afin d'en avoir le cœur net.

« Non, ce n'était pas lui, annonça bientôt son amie en raccrochant. Maman a passé la journée à la maison et personne n'est venu. Allez, on rentre. »

Alors que les deux filles revenaient vers le parking, où se trouvait garée la Fiat rouge que se partageaient les deux jumelles, Enid voulut consoler Elizabeth.

« Je suis désolée, lui dit-elle.

— C'est moi qui devrais l'être ! s'écria son amie. Je t'ai fait perdre ton temps pour rien ! Je ne suis même plus sûre de ce que j'ai vu, maintenant.

— Alors, tu admets que tu as eu des visions, observa gentiment Enid pendant que les deux filles montaient en voiture.

— Mon imagination a dû me jouer un tour, avoua Elizabeth en mettant le contact. Il n'y a qu'un seul Todd Wilkins et il est en route pour le Vermont, hélas ! »

3

*C*omme tous les lundis matin, la maisonnée était en effervenscence. Déjà habillés de pied en cap, M. et Mme Wakefield s'apprêtaient à partir après avoir dit au revoir à leurs enfants. Jessica et Elizabeth s'activaient, tout à leurs préparatifs avant d'aller en cours. Seul Steven manifestait une lenteur inaccoutumée, entassant livres et vêtements dans son sac de voyage d'un air songeur. Au cours de ses nombreuses allées et venues, Elizabeth ne manqua pas de remarquer son manège et, en croisant sa jumelle dans le couloir, lui jeta un regard inquiet tout en désignant du menton la chambre de leur frère. Jessica comprit le signal au quart de tour.

« Alors, frangin, on est d'attaque ? lança-t-elle en s'arrêtant sur le seuil de la chambre de Steven.

« — Mouais, marmonna ce dernier sans enthousiasme.

— Ton premier cours est à quelle heure ? insista Jessica, tentant de prolonger la conversation.

— Dix heures. »

Toujours en peignoir, Elizabeth survint auprès de sa jumelle.

« Alors, Jess, tu n'as pas vidé le ballon d'eau chaude, j'espère ? blagua-t-elle.

— Non, mais je ne t'ai pas laissé une seule goutte de shampooing », rétorqua Jessica sur le même ton.

La plaisanterie n'arracha pas le moindre sourire à Steven qui continua d'entasser ses affaires dans son sac d'un air absent.

« Steve, demanda Elizabeth après un silence, ça ne va pas ?

— Si-si. Je suis pressé, c'est tout, grommela Steven.

— Tu n'en as pas l'air, observa sans ménagement Jessica. Et au fait, où étais-tu passé, hier ? On ne t'a pas vu de toute la journée.

— J'étais avec Betsy.

— Encore !

— Arrête, Jess, intervint Elizabeth qui sentait venir la dispute. Tu ferais mieux d'aller finir de te préparer.

— Parle pour toi. C'est toi qui es toujours en peignoir. Moi, je suis prête, déclara Jessica en lissant le col de son polo géant.

— Faux. C'est *mon* polo et j'avais justement l'intention de le mettre. Alors tu ferais mieux

26

d'aller te changer pendant que je prends ma douche, lui asséna Elizabeth en s'éloignant vers la salle de bains.

— Écoute, Jess, dit Steven, je n'ai pas le temps de bavarder. Je dois passer un coup de fil avant de partir. »

Jessica n'était pas du genre à abandonner la partie pour si peu.

« Alors, j'espère que tu téléphones à Clara pour t'excuser. Tu as dû la couvrir de honte, en la plaquant comme tu l'as fait l'autre soir. »

Steven accusa le coup. Mais, s'il se reprochait son attitude envers Clara, il n'était pas d'humeur à subir une leçon de morale.

« Elle n'était pas ma cavalière, argua-t-il d'un ton las. On a bavardé un moment, sans plus. »

Il avait l'air si triste que Jessica n'eut pas le cœur de s'opposer à lui davantage.

« J'espère qu'elle n'a pas mal pris ton geste. Passe une bonne semaine, Steve », dit-elle sans plus insister.

Dès que sa sœur se fut éloignée, Steven emporta son sac à la cuisine, où il téléphona à Betsy.

« Tiens, c'est toi, Steve ! s'exclama cette dernière. Tu n'es pas encore parti ?

— Je ne vais pas tarder. Je voulais juste te dire au revoir et merci.

— Merci ? Mais pourquoi ?

— Oh, pour m'avoir montré votre album de photos. Et pour le magnifique portrait de Pat que tu as dessiné pour moi. Je l'emporte à la fac.

— Je savais que tu aimais beaucoup celui que

j'avais déjà fait, alors j'ai voulu t'en offrir une copie plus petite pour que tu puisses la poser sur ton bureau.

— Je vais le faire encadrer. Il est merveilleux.

— Je suis heureuse qu'il te plaise. Tu sais, j'ai eu l'impression que Pat était toujours vivante en le dessinant, avoua Betsy. Au fait, poursuivit-elle en dominant son émotion, tu seras là, le week-end prochain ?

— Je pense que oui. Liz me tanne pour que j'aille au gala de charité du lycée, vendredi. Il y a un match de volley et un bal. Ça te dirait de venir avec Jason ?

— J'ai cours, le vendredi soir. Et Jason passe son week-end en famille.

— Bon, alors je n'insiste pas. On se verra samedi ou dimanche, d'accord ? demanda Steven avec une sorte d'angoisse.

— Bien sûr, répondit Betsy. Téléphone-moi dès ton arrivée. »

Steven raccrocha, prit son sac et partit. Il tenait à revoir son amie à la fin de la semaine. Betsy était son lien le plus puissant avec le passé. Aussi longtemps qu'il se trouvait avec elle, le souvenir de Pat ne pouvait mourir.

La Fiat rouge des jumelles dévorait les quelques kilomètres qui séparaient la maison familiale du lycée de Sun Valley, un beau bâtiment à colonnes entouré d'un grand parc. Elizabeth s'efforçait de conduire sans accroc, malgré le manège de Jessica, qui ne cessait de faire pivoter le rétroviseur pour vérifier son maquillage. En voyant une fois de plus sa jumelle avancer la main vers le retroviseur, Elizabeth lui donna une petite claque.

« Y'en a marre, râla Jessica. C'est toujours toi qui conduis.

— Tu as pris le volant vendredi, je te rappelle. D'ailleurs, tu devrais être contente d'avoir un chauffeur. Sinon, comment ferais-tu pour fignoler ton maquillage ? rétorqua malicieusement Elizabeth en lorgnant sa jumelle, qui s'était enfin décidée à rabattre le miroir de courtoisie pour se lisser les sourcils.

— Steve vient au bal ? s'enquit Jessica en changeant de sujet.

— Il hésite à se décider. Au fait, et toi ? Tu ne m'as pas encore parlé de tes projets. Tu y vas avec qui ? »

Jessica toussota de façon appuyée, exagérant son embarras.

« J'aimerais mieux garder ça pour moi.

— Pourquoi ? s'étonna Elizabeth.

— Euh... le garçon auquel je pense ne m'a pas encore invitée. Mais je peux te dire que mon choix est assez inhabituel. »

Elizabeth fut très intriguée.

« Ce n'est pas encore un voyou, j'espère ? demanda-t-elle avec inquiétude, car sa jumelle avait parfois jeté son dévolu sur des garçons peu recommandables.

— Non, assura Jessica d'un ton léger. C'est juste quelqu'un qu'on ne s'attendrait pas à voir avec moi.

— Tant mieux ! Eh bien, je parie que tu sauras le persuader de t'inviter. »

Évidemment ! pensa Jessica. Winston Egbert avait toujours été fou d'elle. Enfin, à vrai dire, il ne lui accordait plus guère d'attention, depuis quelque temps. Mais Jessica, sûre de son charme, ne doutait pas de pouvoir ranimer sa "passion" pour elle.

Elle en était venue à la conclusion qu'il existait un moyen tout simple de rencontrer le célèbre parent de Winston : il suffisait de faire les yeux doux au clown de la classe, de se rendre au bal en sa compagnie et de s'inviter chez lui. Dès que le nabab d'Hollywood verrait la belle Jessica Wakefield, la suite des événements se confondrait avec l'histoire du cinéma mondial !

« Te voilà bien silencieuse. Tu rêves à ton cavalier ? railla Elizabeth.

— Quelque chose dans ce goût-là, admit sa sœur.

— Et comment vas-tu t'habiller ?

— Je compte mettre la minirobe que j'ai achetée chez *Super Nana*. Ce n'est pas l'idéal, mais je m'en contenterai.

— Si ton mystérieux cavalier se laisse convaincre, je te prêterai volontiers ma nouvelle robe.

— C'est vrai ? s'écria Jessica avec vivacité.

— A quoi bon me mettre en frais. Todd ne sera pas là pour me voir, alors, répondit sa sœur en s'engageant sur le parking du lycée. Autant que tu en profites. »

Jessica examina la proposition. S'il ne lui

importait guère de faire honneur à ce plaisantin de Winston, elle tenait, par contre, à être en beauté. Mais, désireuse de ne pas paraître égoïste, elle opta pour un compromis :

« Merci de ton offre, Liz. J'accepte. Mais je ne porterai la robe que si j'obtiens le rendez-vous. »

Et, sûre d'arriver à ses fins, elle se vit déjà en train de parader au bal, éblouissante dans la nouvelle toilette de sa jumelle.

Un bruit de voix soutenu résonnait en salle 103 lorsque Jessica y fit son entrée. Debout par petits groupes, les élèves attendaient en bavardant l'arrivée de M. Collins pour le cours d'anglais. Certains parlaient de la soirée chez Lila Fowler, d'autres faisaient des pronostics sur le match de volley à venir. Jessica déposa ses affaires sur son bureau et aborda Guy Chesney et Emily Mayer, deux musiciens des *Droïds,* le groupe de rock du lycée.

« Salut ! Prêts pour le bal, vous deux ?

— Ouais, répondit Guy en faisant mine de pianoter sur son synthétiseur. Ça va être super de jouer au *Caravan*. Il y a une acoustique extra. Et toi, Jess ? Parée pour le match ?

— En pleine forme. » Jessica fléchit le bras en riant, gonflant ses biceps. Elle remarqua tout à coup, qu'Emily semblait très fatiguée. « Dis donc, Emily, on dirait que tu n'as pas beaucoup dormi. Tu as bossé tard ? »

Sa camarade eut un petit rire bref dénué de gaieté.

« Tu veux rire ! Et comment veux-tu que je

bosse ou que je roupille, alors que Karen passe ses nuits à pleurer ?

— Ta belle-mère a des ennuis ? s'informa Jessica.

— Ce n'est pas de cette Karen-là qu'elle veut parler, rectifia Guy. Sa sœur s'appelle Karen, elle aussi.

— *Demi*-sœur, souligna Emily d'un air sombre.

— Oh, c'est vrai ! J'oubliais que ton père et ta belle-mère viennent d'avoir une petite fille.

— Résultat, il y a deux Karen pour m'empoisonner la vie, se lamenta Emily.

— Ça va si mal que ça ? s'inquiéta Jessica.

— Et même pire, continua sa camarade. Je croyais que ma belle-mère me laisserait un peu tranquille après la naissance de son bébé. Mais non. Elle râle encore plus qu'avant. Elle se plaint que je ne l'aide pas et que je ne garde jamais la petite. Selon elle, je fais tout de travers.

— Et ton père ? Il prend ta défense, au moins ? demanda Jessica.

— Et pourquoi le ferait-il ? lâcha amèrement Emily. Il a une nouvelle femme, un nouvel enfant, il se moque pas mal de moi.

— Ne t'en fais pas trop, va, dit Guy.

— Mince, ça n'a pas l'air gai pour toi », commenta Jessica avec compassion.

Du coin de l'œil, elle observa Winston, qui plaisantait au milieu d'un groupe d'élèves. La sonnerie aiguë de début de cours retentit et M. Collins fit son entrée dans la salle de classe. Le beau professeur de lettres, qui ressemblait à

Robert Redford, était le point de mire de la gent féminine du lycée et de nombreuses filles étaient amoureuses de lui.

« Bonjour, dit-il dans un sourire en s'installant à son bureau. Bon, avant de commencer le cours, j'aimerais revenir sur le dossier personnel que vous devez constituer pendant ce trimestre. J'espère que vous avez tous choisi l'auteur américain qui fera l'objet de ce travail. »

Jessica, qui avait oublié de réfléchir à la question, regarda autour d'elle avec angoisse.

« Je vais vous interroger à tour de rôle, poursuivit Roger Collins. Si l'un de vos camarades a choisi le même auteur que vous, faites-moi signe. J'en prendrai note et vous pourrez constituer votre dossier ensemble. »

Lila, qui se tenait assise au premier rang, se tourna aussitôt vers Jessica et articula dans un mouvement silencieux des lèvres : « Hemingway. » *Highway ?* s'étonna Jessica en se demandant pourquoi diable son amie lui soufflait le mot "autoroute". Trois élèves répondirent à la question du professeur. Puis ce fut au tour de Winston.

« Avez-vous choisi l'un de nos grands humoristes ? s'enquit M. Collins.

— Non, monsieur, répondit Winston en se levant. J'aimerais travailler sur Francis Scott Fitzgerald. »

Jessica leva presque aussitôt la main.

« J'ai choisi Fitzgerald, moi aussi », déclarat-elle.

Des regards éberlués se tournèrent dans sa

direction. Mais le plus stupéfait de tous était encore Winston. Seul M. Collins parut ne trouver rien d'incongru à voir travailler de pair Jessica Wakefield et Winston Egbert.

Dès que la sonnerie de fin de cours retentit, Lila aborda Jessica, qui ramassait ses affaires.

« Qu'est-ce qui t'a pris de faire équipe avec ce gugusse ? s'écria-t-elle.

— Sais pas, mentit Jessica d'un ton léger. Je crois que Fitzgerald m'intéresse.

— Et moi qui espérais qu'on bosserait ensemble sur Hemingway, bouda Lila. C'était le grand-père de Mariel Hemingway, figure-toi. Elle est quand même célèbre comme mannequin. Elle a même fait du cinéma.

— Je ne crois pas que ce genre d'information intéresse le prof, observa Jessica en se dirigeant vers la sortie avec son amie.

— Hum-hum. Jessica ? » fit une voix proche.

Jessica se détourna vivement. Winston se tenait à quelques pas derrière elle.

« Attends-moi dans le couloir, dit-elle à Lila. Je te rejoins tout de suite. Oui, qu'est-ce qu'il y a, Winston ? poursuivit-elle en décochant un grand sourire à son camarade.

— J'imagine qu'on va bosser ensemble », dit ce dernier qui ne semblait pas encore remis de sa surprise.

Au début de l'année, Winston aurait donné n'importe quoi pour avoir l'occasion d'être avec Jessica. Et s'il avait eu depuis lors plusieurs copines, il n'en était pas pour autant devenu insensible à son charme. Néanmoins, il avait appris à se méfier d'elle ; il ne l'avait que trop vue à l'œuvre avec les autres garçons.

« Exact, lui répondit Jessica en lui adressant un nouveau sourire ensorceleur. On devrait s'y mettre sans tarder, à mon avis. Je pourrais venir chez toi, non ?

— Je ne demanderais pas mieux, mais je ne crois pas que ce soit possible pour l'instant. Ma mère attend des invités et elle est en pleins préparatifs. Il serait préférable qu'on se voie chez toi. »

Jessica masqua sa déception de son mieux.

« Comme tu voudras, lâcha-t-elle avec désinvolture.

— Bon, à plus tard, alors. »

Winston adressa un bref signe de tête à sa camarade et s'éloigna. *Ah zut !* pensa Jessica avec dépit. *Je n'ai pas pu placer un seul mot sur le bal. Oh ! je me rattraperai. Mon cher Winston, tu ne t'en doutes pas, mais tu vas bientôt vivre la soirée la plus enivrante de toute ton existence !*

« Alors, Liz ? Où en est cet article sur le gala de charité ? » s'enquit Penny Ayala.

Arrachée à sa tâche, Elizabeth releva la tête. Le local de *L'Oracle* bourdonnait d'activité, comme toujours au moment de l'heure d'étude. Mais Elizabeth, absorbée par la rédaction de son papier, avait perdu conscience de ce qui l'entourait. Elle n'avait même pas vu arriver la rédactrice en chef.

« J'ai presque fini, répondit-elle. Tu veux le lire ?

— Non. C'est plutôt le calibrage de ton article qui m'intéresse, dit Penny. L'entraîneur a téléphoné. On vient de lui remettre les listes des joueurs. Auras-tu la place de les caser dans ton papier ?

— Oui, je pense que je pourrai m'arranger. Il est important de publier la composition des équipes.

— Parfait. Tu veux bien aller chercher les listes chez M. Schultz ?

— C'est comme si c'était déjà fait », assura gaiement Elizabeth en se levant pour quitter la salle.

Quelques instants plus tard, elle s'arrêtait pile au beau milieu du couloir, stupéfaite de voir sortir Todd du bureau de l'entraîneur. « Todd ! » cria-t-elle aussitôt d'une voix si forte, que plusieurs élèves se détournèrent pour la dévisager. Elle s'élança vers la silhouette familière. Hélas ! la sonnerie retentit à cet instant et le flot des élèves qui regagnaient leurs salles de cours l'empêcha de rejoindre celui qu'elle poursuivait. Quand elle parvint devant les larges portes vitrées de l'entrée du lycée, le garçon était déjà en train de prendre place dans une décapotable bleue.

Cette fois, Elizabeth l'avait vu distinctement. Ce n'était pas Todd. Mais il avait sa silhouette élancée et athlétique, ses cheveux bruns et bouclés, sa démarche assurée. Pas étonnant qu'elle l'eût confondu avec son ami ! Tremblante d'émotion, elle appuya son front contre le bat-

36

tant du portail et regarda s'éloigner la décapotable.

Qui est-ce ? se demanda-t-elle. Comment ! Il y avait au lycée un garçon qui était le sosie de Todd et elle ne l'avait jamais remarqué ? Incroyable ! Le cœur battant, Elizabeth revint sur ses pas, bien décidée à découvrir l'identité de l'inconnu.

4

« *J* ess ! Téléphone ! appela M. Wakefield dans le couloir du premier étage.

— Oui p'pa ! Je monte prendre la communication dans ma chambre ! » répondit Jessica. Et elle interrogea du regard sa jumelle qui l'aidait à préparer le repas.

« Vas-y, dit Elizabeth. Je me charge du dîner. C'est presque prêt, de toute façon.

— Merci ! » lança Jessica en s'élançant comme une flèche dans l'escalier.

Elle ne tarda pas à décrocher le récepteur. Clara était au bout du fil. Aussitôt, Jessica débarrassa un coin de son lit pour s'installer à son aise, car ses conversations avec son amie avaient tendance à s'éterniser.

« Oui ? Qu'est-ce qu'il y a ?

— Je t'ai cherchée toute la journée, au bahut,

confia Clara. C'est inouï. On n'a pas eu l'occasion de se parler depuis vendredi dernier. Dis, est-ce que Steve est toujours bouleversé par ce qui s'est passé chez Lila ?

— Oui, je crois. Betsy lui a refilé le cafard.

— C'est bien ce que je craignais, soupira Clara.

— Tu as eu une occasion en or et tu n'as pas su en tirer parti ! s'écria Jessica. Enfin quoi ! Tu ne pouvais pas lui faire oublier Pat, ne serait-ce que pour un soir ?

— On s'entendait bien, je t'assure, répondit Clara. Du moins, c'est ce qu'il m'a semblé. Et puis, Betsy est intervenue et lui a joué sa grande scène d'indignation. Steve ne l'a pas supporté et il s'est enfui.

— Je ne comprends pas que Betsy ait pu acquérir autant d'emprise sur lui. Ils ont passé le week-end ensemble, annonça Jessica à son amie d'un ton écœuré. Je trouve ça malsain.

— Ne sois pas trop exigeante avec Steve, objecta Clara, compréhensive. C'est dur, quand quelqu'un vous manque. »

Les parents de Clara avaient divorcé peu de temps auparavant et M. Walker avait quitté Sun Valley en emmenant son jeune fils avec lui. Clara avait souffert des déchirements familiaux. Son père et son frère lui manquaient beaucoup. Et si elle avait eu la réputation justifiée d'être coureuse et portée sur les commérages, elle avait bien changé à la suite de cette séparation. Elle faisait aujourd'hui preuve d'une sensibilité et d'une maturité très au-dessus de son âge.

« Écoute, je suis navrée de la disparition de Pat. Mais Steve doit reprendre une vie normale, répondit Jessica avec agacement. Betsy ne fait que le rattacher davantage au passé.

— Tu as sans doute raison sur ce point, admit Clara. Il n'empêche que Steve est libre de voir qui il veut.

— Ta réaction est très désintéressée, Clara. Mais si tu tiens à Steve, tu dois le relancer. Il vient ce week-end. S'il ne te téléphone pas, fais-le. »

L'ancienne Clara, celle qui était toujours prête à se mettre en avant, se serait empressée de suivre le conseil. Mais la nouvelle Clara était capable de générosité et comprenait Steven.

« Je ne suis pas très chaude, Jessica. Je pense qu'il doit surtout voir les gens avec lesquels il se sent bien, quels qu'ils soient. »

Jessica leva les yeux au ciel.

« Comme tu voudras. Enfin, je t'aurai prévenue, en tout cas. Écoute, poursuivit-elle en entendant Elizabeth l'appeler dans l'escalier, je dois aller à table. Je te rappellerai plus tard. »

Jessica avait à peine raccroché que la sonnerie du téléphone retentit de nouveau. Cette fois, une voix masculine et grave lui répondit à l'autre bout du fil. C'était Todd.

« Alors ça y est ? Te voilà rentré dans ton Vermont glacial ? dit Jessica. J'aurais bien voulu te voir un peu plus, l'autre jour.

— J'étais très bousculé, tu sais. Le voyage a été plutôt précipité. Est-ce que Liz est là ? »

41

Comme à point nommé, Elizabeth fit son apparition sur le seuil.

« Grouille-toi, Jess. On n'attend plus que toi.

— Ne quitte pas, elle vient d'entrer dans ma chambre », annonça Jessica à Todd.

Elle tendit le récepteur à sa jumelle et se dirigea vers le couloir.

« Je dirai à maman et papa qu'on commence sans t'attendre, souffla-t-elle avant de refermer la porte.

— Salut, Todd, dit Elizabeth en s'asseyant sur le lit. Je ne m'attendais pas à avoir déjà de tes nouvelles. Tout va bien ?

— Oui, sauf que tu me manques, répondit Todd d'une voix émue.

— Oh, Todd ! moi aussi je me sens seule sans toi.

— Alors, quoi de neuf ? Des projets excitants en cours ?

— Bof, rien de spécial. Juste le gala de charité dont je t'ai parlé.

— Si tu veux aller au bal avec un garçon, je n'y vois aucun inconvénient. N'oublie pas ce que nous avons décidé.

— Je verrai. Et toi ? Quels sont tes projets ?

— Ça s'annonce bien, répondit Todd avec entrain. Gina donne une soirée dans le chalet de ses parents à la fin de la semaine et elle m'a invité. »

Il se lança dans une description de Gina, confiant à Elizabeth qu'il trouvait excitant de passer un week-end à la montagne avec ses nouveaux amis.

« Ça promet d'être amusant, crâna Elizabeth. Et quoi d'autre ? »

Todd la mit au courant de tous les petits faits qu'il n'avait pas eu l'occasion de lui raconter au cours de son bref voyage. Au fur et à mesure qu'il parlait de gens inconnus d'elle et de lieux qu'elle n'avait jamais vus, Elizabeth s'assombrissait. Une part d'elle-même désirait que Todd fût heureux de sa nouvelle vie. L'autre s'inquiétait de le voir s'acclimater si aisément et s'être déjà fait tant d'amis. De son côté, elle ne se montra guère loquace. Ce fut Todd qui mit fin à leur conversation.

« Liz, j'aimerais beaucoup bavarder encore avec toi, mais ça va me coûter un max.

— Je m'en doute, répondit Elizabeth d'une voix étranglée. La prochaine fois, c'est moi qui te téléphonerai.

— Super. Mais rappelle-toi que je ne serai pas chez moi le week-end prochain.

— Je n'oublierai pas.

— J'ai été très heureux de passer une journée avec toi. Je me demande quand on pourra se revoir.

— Sans doute pas avant longtemps, répondit Elizabeth en s'efforçant de maîtriser son émotion.

— Bon, je te quitte. Je t'aime, Liz.

— Moi aussi, je t'aime. »

Les yeux d'Elizabeth s'étaient embués et elle s'empressa de raccrocher sur un dernier adieu. Alors, la tristesse la submergea et elle s'abattit en sanglotant sur le lit de sa jumelle. *Il m'oublie déjà,* pensa-t-elle. Todd entamait une nouvelle existence, alors qu'elle restait engluée dans le même train-train quotidien. Et ce n'était pas là ce qui la faisait le plus souffrir. Elizabeth avait cru jusque-là que sa relation avec son copain durerait toujours. A présent, elle en était réduite à se demander s'ils sauraient l'un et l'autre la préserver jusqu'au prochain voyage de Todd à Sun Valley.

5

*J*essica suivait d'un œil critique la petite scène qui se déroulait dans la cafétéria : Winston Egbert debout, en train de jongler avec une pomme et une banane dérobées sur les plateaux de ses proches camarades. *Mon cavalier pour le bal,* songea-t-elle avec dédain. *Quel bouffon ! Il ne lui manque plus qu'un chapeau pointu et un nez rouge !*

L'heure du repas touchait à sa fin et, déjà, des élèves se dirigeaient vers la sortie. Le public de Winston ne tarda pas à se disperser et le garçon, abandonnant son petit jeu, ramassa sa pile de livres.

Allons-y. C'est le moment ou jamais, se dit Jessica. A sa grande surprise, toutes ses tentatives de rapprochement avec Winston s'étaient soldées par un échec complet. Depuis deux jours, elle n'avait presque pas eu l'occasion de lui parler et, lorsqu'elle l'avait fait, il ne lui avait pas accordé plus d'intérêt qu'à son habitude. Ils n'avaient même pas réussi à trouver une heure commune de liberté dans leur emploi du temps afin de travailler leur dossier : Winston n'était jamais disponible ; Jessica toujours prise par son entraînement de majorette. Le temps pressait, maintenant, car le bal était proche. Jessica se hâta donc de rejoindre son camarade et l'aborda en lui barrant le passage.

« Salut, Win, dit-elle en décochant au garçon un regard enjôleur.

— Salut, Jess. Qu'est-ce qu'il y a ?

— Oh, rien de spécial. Prêt pour le bal de demain ?

— Oui, bien sûr, répondit Winston en lorgnant l'horloge de la cafétéria.

— Et qui est la veinarde qui t'accompagne ? »

La question étonna Winston.

« Moi ? J'y vais seul. »

Il est libre ! pensa Jessica. *Parfait !*

« Quel dommage ! reprit-elle. Il y a plein de filles qui aimeraient t'avoir pour cavalier.

— Oh, je n'en doute pas, rétorqua Winston avec un sourire. Tu penses à quelqu'un en particulier ? »

Jessica ramena en arrière une mèche de cheveux dans un geste sensuel.

« Oui, lâcha-t-elle carrément. Que dirais-tu d'y emmener une superbe blonde aux yeux turquoise ? »

Le visage de Winston se fit sérieux.

« Oh, tu as eu cette idée toi aussi », dit-il.

Malgré la surprise que lui causa cette réaction, Jessica enchaîna sans se démonter :

« Oui, j'ai pensé que ce serait super sympa.

— Moi pareil. Alors j'ai invité ta frangine tout à l'heure à la sortie du cours.

— Ma frangine, répéta Jessica, tout ébahie.

— Oui. Je me suis dit qu'elle devait se sentir seule, sans Todd. Mais elle préfère se passer de cavalier. »

Jessica s'illumina.

« Tu es toujours libre, alors ?

— Euh, non. En fait, j'avais invité Liz pour qu'elle me donne un coup de main au buffet. C'est moi qui suis chargé de le tenir. Je ne pourrai pas m'occuper à la fois d'une fille et des rafraîchissements. »

Ne voyant plus moyen d'amener Winston à l'inviter au bal, Jessica résolut de jouer à fond le rôle de la jumelle attentionnée.

« C'est gentil d'avoir quand même invité Liz. Ça me fait plaisir que tu aies pensé à elle.

— Oh, c'est normal. Je l'aime beaucoup. Bon, il faut que j'aille en cours, Jess. A un de ces quatre. »

Et Winston s'éloigna vers la sortie de la cafétéria, plantant là une Jessica déconfite.

Dans le local de *L'Oracle,* l'équipe de la rédaction s'affairait au bouclage du journal. Les bras chargés d'une pile de livres, Elizabeth entra dans la salle d'un pas précipité et, dans sa hâte, heurta Penny Ayala au passage. Celle-ci laissa échapper les photos qu'elle tenait à la main et elles s'éparpillèrent sur le sol.

« Ah zut ! Excuse-moi, dit Elizabeth en déposant aussitôt son fardeau pour ramasser les clichés épars. Si je suis aussi maladroite pendant le match de volley, ça promet !

— Ce n'est pas grave », assura Penny en souriant.

Alors qu'Elizabeth se redressait pour rendre à Penna la liasse qu'elle venait de ramasser, le cliché du dessus attira son regard.

« Dis, demanda-t-elle aussitôt avec une vive curiosité, celle-là, c'est quoi ?

— L'équipe de volley du lycée de Big Mesa pour le match de demain. On n'a pas eu assez de place pour caser la photo en page des sports.

— Tu veux bien me la prêter un moment ?

— Autant que tu voudras. De toute façon, j'allais la mettre au panier. »

Elizabeth se rapporcha avec vivacité de la fenêtre pour mieux examiner la photographie au grand jour. Plus de doute. L'un des joueurs de l'équipe était bien le garçon qui ressemblait tant à Todd. Et son nom figurait en bonne place dans la liste qui constituait la légende : Michael Sellers. Elizabeth sentit les battements de son cœur s'accélérer. Une pensée un peu folle la travera : et si le sosie de Todd avait aussi la même personnalité que lui ? Elle brûlait d'être au lendemain soir, de rencontrer Michael et d'en avoir le cœur net !

En arrivant à la maison un peu plus tard dans

l'après-midi, les jumelles eurent la surprise de voir la Volkswagen de Steven garée dans l'allée. Les deux filles se ruèrent à l'intérieur, mais personne ne vint les accueillir dans le vestibule désert.

« Steve est peut-être monté dans sa chambre ? » s'interrogea Jessica à voix haute. Et elle jeta un coup d'œil dans la cage d'escalier.

« Chut ! souffla Elizabeth. J'entends parler dans le petit bureau. »

Les jumelles se rapprochèrent de la porte et le bruit de voix s'amplifia : leur père s'entretenait avec Steven. On ne pouvait distinguer les paroles, mais le ton indiquait une conversation sérieuse.

« Ne restons pas là, murmura Elizabeth. De toute façon, on ne tardera pas à apprendre ce qui se passe. »

Dans le petit bureau, Steven se tenait affalé dans le fauteuil de son père. Celui-ci, debout en face de lui, le regardait d'un air grave.

« Je n'aurais jamais cru être indésirable dans ma propre maison », marmonna Steven.

M. Wakefield se mit à arpenter la pièce de long en large.

« Steve, je n'ai rien affirmé de tel. J'estime seulement que ta présence ici, aujourd'hui, n'est pas normale. Tu devrais être en cours. »

Steven eut un regard triste.

« Désolé. J'ai du mal à rester en place.

— Oh, Steve ! On ne se débarrasse pas de ses fantômes en fuyant sans cesse, dit son père avec compassion.

— Tu ne comprends pas. Pat n'est pas un fantôme pour moi. Elle est bien vivante et je veux qu'il en soit toujours ainsi. »

M. Wakefield s'immobilisa dans l'embrasure de la fenêtre, pensif. Puis il se tourna vers son fils et lui parla avec franchise, en s'efforçant de trouver les mots justes.

« Cela n'est pas possible, Steve. Patricia n'est plus de ce monde. Tu finiras par te faire à cette réalité et tu souffriras moins, avec le temps. Le jour viendra où tu pourras te souvenir d'elle sans remords et sans tristesse, crois-moi. En attendant, tu dois t'efforcer d'admettre qu'elle est partie et que ta vie, à toi, doit continuer.

— Je ne veux pas l'admettre. Je ne veux pas oublier Pat, insista Steven, buté.

— Bien. Je vais te confier quelque chose, dit M. Wakefield en allant s'asseoir en face de son fils. Quand j'étais en fac comme toi, mon meilleur ami est mort dans un accident de voiture. J'en ai été désespéré des semaines durant. Je n'arrivais plus à me nourrir, à travailler. Plus rien ne comptait pour moi. »

Steven hocha la tête. Il comprenait très bien ce que son père avait traversé.

« Et puis, poursuivit M. Wakefield, j'ai fini par me rendre compte que mon ami n'aurait pas voulu me voir réagir ainsi et que le deuil ne me le rendrait pas. C'est à ce moment-là que j'ai surmonté ma dépression. Mais je n'ai jamais oublié. Quand tu es né, je t'ai appelé Steven, comme lui. »

Steven garda un moment le silence. Lorsqu'il reprit la parole, ce fut d'un ton ému.

« Papa, je sais que tu essaies de m'aider. Mais quelle que soit l'étendue de l'affection que tu avais pour ton ami, elle ne peut pas se comparer à ce que j'éprouvais pour Pat. Je l'adorais, explosa-t-il. Nous projetions de passer toute notre vie ensemble. Je ne peux pas l'oublier. Je crois que je ne le pourrai jamais.

— C'est bon, je n'insisterai pas, abdiqua M. Wakefield en secouant la tête. Mais je t'en prie, Steve, pense à ce que je t'ai dit. »

Il se leva pour quitter la pièce, se détourna une dernière fois avant de sortir. La tête enfouie entre ses mains, Steven était l'image même du désespoir.

Quand M. Wakefield entra au salon, les jumelles, qui regardaient la télévision, l'interrogèrent avec vivacité.

« Comment se fait-il que Steve soit ici ? s'enquit Jessica.

— Il va bien ? enchaîna Elizabeth.

— Oui, il va bien, assura leur père. Il traverse un moment difficile, c'est tout. Écoutez, les filles, je dois aller chercher votre mère, puisque sa voiture est en révision au garage. Je vous confie la maison. Je compte sur vous, entendu ? »

Après le départ de M. Wakefield, les jumelles discutèrent de l'attitude à adopter envers leur frère.

« A mon avis, on ne doit pas le déranger, dit Elizabeth. Il a sans doute envie d'être seul.

— Je suppose, répondit Jessica avec hésitation.

— Il sait qu'on est là, s'il a besoin de nous. Je n'interviendrai que s'il me le demande, reprit sa sœur. Tiens ! ils passent un polar, poursuivit-elle en désignant la télévision. Tu veux le voir ?

— Non, je le connais, répondit Jessica en identifiant le film. C'est le général, l'assassin. »

Elizabeth lui jeta un regard noir.

« Ah zut ! Désolée, fit sa jumelle en haussant les épaules. Bon, je monte un moment dans ma chambre. »

Tout en se dirigeant vers l'escalier, Jessica se demanda ce qui pouvait être tenté pour aider Steven. Elle donnait en partie raison à sa sœur : il valait sans doute mieux respecter sa solitude. Néanmoins, elle pensait aussi qu'il était temps de se montrer énergique avec lui, car il y avait maintenant des mois que Patricia était morte et qu'il se montrait incapable de surmonter seul son chagrin. Et la présence de Betsy n'était pas faite pour l'aider à réagir. *« Oui,* conclut Jessica, *il est grand temps que quelqu'un ait une explication sérieuse avec lui. »*

Elle rebroussa chemin et alla frapper à la porte du petit bureau.

« Entre, répondit la voix étouffée de Steven.

— Salut, grand frère. J'ai à te parler, déclara de but en blanc Jessica en se carrant dans un fauteuil.

— Toi aussi ? grogna Steven. Franchement, Jess, je ne suis pas d'humeur à ça.

— Écoute-moi, Steve. Il faut que tu cesses de

penser à Pat. Et le meilleur moyen d'y parvenir, c'est de sortir avec Clara.

— Et vlan, tu remets ça !

— Tu t'es bien entendu avec elle à la soirée de Lila, non ? C'est une chic fille et elle te plaît. Ne cherche pas à le nier... » Jessica s'interrompit en voyant son frère se lever sans mot dire et se diriger vers la porte. « Steve, où vas-tu ?

— Je sors dîner avec Betsy.

— Ça promet. Encore une veillée funèbre en perspective.

— Occupe-toi de tes affaires ! cria Steven avec colère.

— C'est malsain, grommela Jessica. Steve, il y a des jours où j'ai l'impression que tu te complais dans le malheur. »

Sans qu'elle s'en doutât, la réplique fit mouche. Mais Steven s'efforça de le dissimuler. Il ouvrit violemment la porte et se trouva nez à nez devant une Elizabeth à l'air inquiet. Il se mit aussitôt à hurler :

« Ne t'avise pas de t'en mêler toi aussi, hein ! » Et il s'éloigna en bousculant sa sœur au passage.

« La vache ! s'exclama Elizabeth en pénétrant dans le petit bureau. Qu'est-ce qui se passe ?

— J'ai juste voulu lui donner un conseil.

— Jess ! Nous avions décidé...

— *Tu* avais décidé, coupa Jessica. A mon avis, Steve devrait voir Betsy un peu moins et Clara davantage. Clara lui ferait du bien.

— Cette snob ? Cette commère ? C'est tout le contraire de ce qu'il faut à Steve.

— Tu n'es pas bien tendre avec elle, observa Jessica d'un ton réprobateur.

— Désolée, mais je dis ce que je pense. Steve est trop bien pour une nana pareille.

— Et qu'est-ce que tu en sais ? répliqua Jessica avec indignation. Depuis que ses parents ont divorcé et que sa mère a dû vendre leur villa, Clara a beaucoup changé. Elle ne cancane plus et elle est sympa avec tout le monde. D'ailleurs, elle en est même devenue un peu ennuyeuse.

— Ah oui ? Eh bien, tu me permettras de douter d'un revirement aussi spectaculaire. Et puis, quand bien même aurait-elle changé, jeta Elizabeth en tournant le dos à sa jumelle, Steve est capable de s'en apercevoir tout seul. Il n'a aucun besoin de ton intervention ! »

6

*E*lizabeth glissa la tête dans l'entrebâillement de la porte.

« Prête ? » demanda-t-elle à sa jumelle.

Vêtue d'un short rouge vif et d'un maillot à rayures assorties, Jessica arborait une tenue parfaite pour le match de volley. Elle faisait pourtant grise mine.

« Liz, tu es bien sûre que je ne pourrai pas mettre ta nouvelle robe pour le bal ?

— Jess ! Ça fait la quatrième fois que tu me poses cette question. On avait décidé que je te la prêterais si tu y allais avec ton mystérieux cavalier, rappela Elizabeth. Or, tu y vas seule.

— J'ai préféré te tenir compagnie, soutint Jessica.

— Ben voyons ! fit Elizabeth, goguenarde. Désolée, Jess. Comme je te l'ai expliqué, je tiens à être en beauté, ce soir. J'ai mes raisons. » *En fait, je n'en ai qu'une : Michael Sellers,* pensa-t-elle en son for intérieur. « Allez, fais comme moi. Dépêche-toi d'étaler ta toilette sur le lit. Comme ça, on pourra s'habiller plus vite, après le match. »

Le bal devait avoir lieu au *Caravan,* une boîte de nuit de la région, et les jumelles avaient décidé de revenir se changer à la maison pour partir ensuite là-bas et y retrouver leur bande d'amis.

« Ça y est, c'est fait, répondit Jessica en jetant un coup d'œil approbateur sur sa silhouette et sur celle de sa sœur, qui s'était avancée vers le miroir. Tu es bien, comme ça », ajouta-t-elle.

Elizabeth sourit, plutôt satisfaite de son apparence. Elle avait natté ses cheveux, ce qui était à la fois pratique et seyant. Et sa tenue de sport — short bleu marine et maillot rayé assorti — lui donnait une allure très dynamique.

« En avant pour la bagarre, lança-t-elle gaiement.

— Oui, allons-y. »

Avant de sortir, les jumelles firent une halte au salon, où Steven regardait la télévision.

« Alors, Steve, tu ne veux vraiment pas venir avec nous ? demanda une fois de plus Elizabeth.

— Non, je regarde le match de base-ball, répondit Steven sans détacher les yeux de l'écran.

— De toute façon, on repasse ici après la partie, si tu changes d'avis, lui rappela Jessica.

— Inutile de compter là-dessus. Amusez-vous bien ! »

Steven semblait impatient de les voir partir, les deux filles lui dirent au revoir et sortirent. Elles ne tardèrent pas à arriver au lycée et à rejoindre le terrain de football illuminé de tous ses feux ; le match de volley devait se dérouler en son centre et de nombreux spectateurs avaient déjà pris place sur les gradins.

« Salut, Capitaine ! lança gaiement Elizabeth en abordant le beau Ken Matthews, qui était le capitaine de l'équipe de football du lycée et s'était vu assigner ce même rôle auprès de l'équipe de volley d'un soir.

— Les jumelles Wakefield au rapport, enchaîna Jessica.

— Parfait ! Pile à l'heure pour la réunion de l'équipe, répondit avec amusement Ken en adoptant une mimique toute militaire. Ohé ! Patman, Fowler, Pfeifer ! Par ici ! »

Dispersés aux abords du terrain, les partenaires de Ken et des jumelles rejoignirent le groupe à cet appel. John Pfeifer, le journaliste sportif de *L'Oracle,* était la plupart du temps trop pris par ses reportages pour descendre sur un terrain. Mais il était très doué en volley-ball et méritait bien sa place dans l'équipe. Bruce Patman était un remarquable joueur de tennis au service foudroyant et il était facile pour lui de s'adapter au jeu du volley. Quant à Lila Fowler, elle avait une détente exceptionnelle qui la rendait imbattable au smash.

Ken rassembla ses partenaires autour de lui et exposa la stratégie à suivre. Pendant qu'il parlait, Elizabeth jetait sans cesse des coups d'œil à la dérobée du côté des joueurs de Big Mesa, qui venaient de faire leur entrée sur le terrain. Elle parvint à repérer celui qu'elle cherchait et put enfin l'observer de près. Comme Todd, Michael Sellers était grand, longiligne mais athlétique, avait une mâchoire carrée et des cheveux bruns. Et un sourire si semblable au sien qu'elle en était bouleversée.

« Bon, c'est vu ? » demanda Ken.

Tout le monde hocha la tête, y compris Elizabeth, bien qu'elle n'eût pas suivi un mot de ses instructions.

« Alors, on y va ! »

Le petit cercle se rompit et Ken alla serrer la main de Michael, qui était le capitaine de Big Mesa. Puis les deux équipes se mirent au garde à vous et l'orchestre joua l'hymne national. Dès les dernières mesures, les spectateurs se déchaînèrent, sifflant et applaudissant pendant que, sous la houlette de Marian Wilson, les majorettes scandaient le cri de guerre de Sun Valley, auquel répondait aussitôt celui de Big Mesa. Les joueurs prirent place sur le terrain et M. Schultz, l'entraîneur, s'apprêta à donner le coup de sifflet d'engagement de la partie.

Ce fut le moment que choisit M. Cooper pour s'emparer du microphone. « Mesdemoiselles, messieurs », commença-t-il. Jessica et John échangèrent une regard excédé. Surnommé "Crâne d'acier" à cause de son crâne chauve et luisant comme un caillou poli, le proviseur du lycée était connu pour ses discours interminables. Il ne faillit pas à sa réputation, abordant quantité de sujets, prônant la solidarité envers les pauvres, la sportivité dans le jeu, vantant l'exaltation de la victoire. Tout autre orateur aurait galvanisé ses troupes avec de tels arguments. "Crâne d'acier", lui, semblait s'être donné pour but d'assoupir son auditoire et seule la vue de M. Schultz qui piaffait d'impatience, son sifflet à la bouche, le décida à conclure son "laïus". Le match put enfin commencer.

Bruce, qui possédait le service le plus puissant, engagea la partie pour Sun Valley. La balle franchit hardiment le filet, fut retournée par une solide joueuse de Big Mesa, renvoyée à nouveau d'un coup sec par John Pfeifer. Michael Sellers devança l'une de ses équipières et relança la balle en direction d'Elizabeth. L'espace d'un éclair, elle ne put s'empêcher de le regarder et, troublée par sa vive ressemblance avec Todd, ne réagit pas à temps. La balle toucha le sol auprès d'elle. Sun Valley perdit donc son service et Big Mesa put marquer quelques secondes plus tard sur un retour de volée qui prit John en défaut. Sun Valley ne tarda cependant pas à reprendre la direction des opérations lorsqu'une joueuse de Big Mesa propulsa le ballon vers Lila qui, d'une détente fantastique, réussit à smasher.

Sun Valley était mené à la marque par 1-0 et c'était au tour d'Elizabeth de mettre en jeu. Elle aurait voulu ne penser qu'au match, mais elle était distraite par la présence de Michael, dont elle ne pouvait détacher le regard. Il ressemblait tant à Todd ! Elle se hâta de servir, frappa la balle trop fort : celle-ci rebondit au-delà des limites du camp de Big Mesa. Le public poussa un grondement. Elizabeth remit à nouveau en jeu et, dans son désir de ne pas répéter la même erreur, amortit son coup. Cette fois, le ballon atterrit sur le filet. Sun Valley venait une nouvelle fois de perdre l'échange sur son service. Des huées jaillirent des gradins.

« Liz, qu'est-ce que tu as ? souffla Jessica à sa jumelle.

— Ce n'est rien. Je ne suis pas encore bien échauffée », mentit Elizabeth.

Par chance, elle n'eut presque pas à intervenir dans le jeu au cours des minutes qui suivirent. Les équipes marquèrent chacune à son tour et, une demi-heure plus tard, le score se stabilisa à 14-14.

Ayant senti qu'Elizabeth était la joueuse adverse la plus vulnérable, Michael envoya une balle puissante dans sa direction. De nouveau, Elizabeth réagit à contretemps, ne rattrapa la balle que de justesse et l'envoya hors des limites. Big Mesa reprenait la tête. Adoptant une seconde fois la stratégie qui venait de si bien lui réussir, Michael renouvela un service identique. Mais cette fois, John, qui était placé derrière Elizabeth, s'avança vivement pour intercepter la balle et renvoya.

Sun Valley s'efforça ensuite d'égaliser, mais Elizabeth avait échoué sur des échanges importants et Big Mesa l'emporta par 16 à 14. Au moment de la pause qui suivit le premier set, Ken Mathews prit sa camarade à part.

« Qu'est-ce qui t'arrive, Liz ? s'étonna-t-il.

60

Chaque fois que tu as joué au volley avec nous, tu étais l'une des meilleures. Et là, tu accumules les erreurs.

— Je suis désolée. J'essaierai de faire mieux au second set », lui répondit Elizabeth en baissant les yeux. Et elle espéra de toutes ses forces qu'elle parviendrait à se concentrer sur la partie au lieu d'être sans cesse distraite par la présence de Michael.

Résolue à se dominer, elle améliora nettement son jeu et, bien qu'elle eût commis une grosse erreur qui fit perdre une fois encore son service à Sun Valley, l'équipe remporta le deuxième set par quatre points d'écart. Un troisième set était donc nécessaire pour départager les deux équipes.

Il y eut une nouvelle pause. L'orchestre joua quelques airs entraînants. Jessica saisit l'occasion pour parler à sa sœur.

« C'est ce garçon qui ressemble à Todd qui te pertube, hein ? » lui dit-elle d'un air entendu.

Elizabeth se sentit rougir.

« Oh ! Toi aussi, tu l'as remarqué.

— Bien sûr. Il est superbe. Tu vas l'aborder, tout à l'heure ?

— Je ne sais pas. » Elizabeth jeta un regard troublé en direction du capitaine de Big Mesa, en pleine discussion avec son entraîneur. « Il n'a pas l'air de faire attention à moi.

— Si tu jouais un peu mieux, il te remarquerait », lâcha Jessica.

Elizabeth s'efforça d'y parvenir. Hélas ! au début du troisième set, elle accumula autant de bévues qu'au cours du premier. Sun Valley était mené à la marque par cinq points, lorsque Ken obtint un temps d'arrêt pour conférer avec ses partenaires.

« Question stratégie, je suis à court d'idées, avoua-t-il. Quelqu'un a une proposition à faire ?

— On pourrait tenter quelques amortis, suggéra Bruce. On n'en a presque pas fait.

— D'accord, approuva Ken. D'autres suggestions ?

— Liz et moi, on a un petit truc à nous, dit Jessica. Je lui passe la balle, elle fait semblant de me la renvoyer, mais au dernier moment elle la balance par-dessus le filet. On pourrait essayer de les feinter avec ça. »

Personne ne réagit. De toute évidence, chacun pensait qu'une tentative basée sur la "dextérité" d'Elizabeth était vouée à l'insuccès. Ken finit par hausser les épaules.

« Pourquoi pas ? On est partis pour perdre, de toute façon. »

John, lui, donna une petite claque d'encouragement à chacune des jumelles.

« Essayons ! leur lança-t-il avec un sourire confiant.

— D'accord », dit Elizabeth.

Elle n'était pas mécontente que Jessica se fût souvenue de leur vieille ruse : elle était efficace. Pour la première fois depuis le début du match, elle se prit à espérer.

L'équipe de Sun Valley alla donc reprendre place sur le terrain. Les joueurs de Big Mesa s'étaient persuadés de la faiblesse d'Elizabeth, car le stratagème des jumelles réussit à merveille. Si bien même, que, croyant à un coup de veine, l'adversaire se laissa encore surprendre et mystifier par deux fois de la même façon. Sun Valley n'avait plus que deux points de retard. Big Mesa mit la balle en jeu. Lila bondit au filet de façon très spectaculaire et réussit un smash imparable. Les supporters de Sun Valley se déchaînèrent sur les gradins, encourageant leur équipe. Celle-ci ne tarda pas à égaliser, 13 partout. Deux points la séparaient à présent de la victoire.

Hélas ! Lila, trop tendue, heurta le filet et l'équipe dut concéder son service. Tous les supporters de Sun Valley se levèrent, suspendus à l'issue du prochain échange qui, ils le savaient, pouvait marquer la défaite de leur lycée.

« Oh non ! C'est à Michael de servir ! Pourvu qu'il n'envoie pas la balle vers moi ! » pensa Elizabeth. Ce fut exactement ce que fit le garçon. Un cri s'éleva dans la foule. Dominant son trouble, Elizabeth expédia le ballon de toutes ses forces dans le camp adverse. Michael voulut renvoyer, n'y parvint pas.

Sun Valley était à présent au service. Ken envoya une balle en hauteur qui réussit à tromper la défense adverse. 14-13. Au nouveau service de Ken, Big Mesa ne se laissa plus surprendre et renvoya sans difficulté. La balle passa et repassa plusieurs fois au-dessus du filet dans un silence tendu. Elle fusa tout à coup en direction de Jessica, qui la passa à sa jumelle d'une touche légère. Elizabeth bondit et smasha d'un geste sec. Deux joueurs de Big Mesa s'élancèrent. En vain. La balle toucha le sol et Sun Valley marqua le point de la victoire dans un déchaînement général. Le match était gagné !

De nombreux spectateurs des deux lycées descendirent alors sur le terrain pour féliciter ou consoler leurs équipes respectives. Plusieurs joueurs des deux camps échangèrent des poignées de main. Voyant Michael bavarder avec Ken, Elizabeth fut tentée de se joindre à eux et de se mêler à la conversation. Mais elle hésitait, n'en trouvant pas le courage.

« Hé, réveille-toi ! lui dit Jessica en lui décochant un coup de coude. Il faut se dépêcher de rentrer.

— Oui, tu as raison, répondit Elizabeth. Ce serait dommage d'arriver en retard au bal.

— Et comment ! déclara une voix grave derrière les deux filles. D'autant plus que j'ai bien l'intention de m'y rendre le plus vite possible, moi aussi ! On se retrouve là-bas ? »

Elizabeth se détourna et se retrouva nez à nez avec Michael Sellers.

7

« *S*alut, dit Elizabeth d'un ton un peu intimidé.

— Je ne devrais pas adresser la parole à un adversaire, déclara en riant Michael. Enfin, puisque le match est fini ! Dis-moi, tu jouais mal, au début de la partie ? Ou tu as fait semblant pour nous feinter ? »

Elizabeth rougit.

« Disons que mon jeu s'est amélioré au fur et à mesure.

— Je suis Jessica Wakefield, intervint Jessica, soucieuse de se mettre en avant. Et elle, c'est ma sœur, Elizabeth. »

Michael se détourna vers elle et la contempla d'un air admiratif.

« Je sais. J'ai questionné Ken Matthews à votre sujet. Je suis Michael Sellers.

— Oui, dit Jessica avec une légère ironie, le capitaine de Big Mesa. »

Une ombre passa sur le visage de Michael. Il finit par adresser à Jessica un sourire un peu contraint.

« *Malheureux au jeu, heureux en amour,* comme on dit. D'ailleurs, je me défends très bien dans les deux domaines.

— Vraiment ? lâcha Jessica en coulant à la dérobée un regard vers sa jumelle.

— Je vous emmène au *Caravan,* toutes les deux ?

— Nous devons d'abord aller nous changer chez nous, répondit Elizabeth, subjuguée par le regard noisette qui la dévisageait et qui était si semblable à celui de Todd. Mais on sera au bal d'ici une demi-heure.

— Parfait. Juste le temps qu'il me faut pour m'habiller et arriver là-bas. » Michael sourit aux deux filles, mais son regard s'attarda sur Elizabeth. « Ne traînez pas, ajouta-t-il avec un soupçon de galanterie. Je ne connais que vous ici. »

Elizabeth accompagna Jessica jusqu'à la Fiat et y monta comme dans un rêve. Michael Sellers l'avait remarquée, quel bonheur ! Distraite, elle céda le volant à sa jumelle et ne desserra pas les dents de tout le trajet.

En arrivant chez elles, les deux filles trouvèrent une voiture qui ne leur était pas familière garée devant la maison. Une fois entrées, elles entendirent des voix masculines résonner dans le salon et allèrent voir. Steven était en train de bavarder avec son vieux copain d'enfance Artie Western, un garçon costaud au visage ouvert qui était en terminale au lycée de Sun Valley.

« Laisse-toi persuader, Steve ! Allons faire un tour au *Caravan,* ce sera marrant.

— Bof, je suis indécis. »

Les jumelles échangèrent un regard aigu. Steven n'opposait plus de refus catégorique. Il y avait un progrès. Artie aperçut Jessica et Elizabeth et les accueillit avec un grand sourire amical.

« Vous pensez vous aussi qu'il devrait venir, hein ? dit-il, quêtant leur soutien.

— Oh que oui ! acquiesça Jessica. Ce serait sympa d'y aller tous les quatre ensemble.

— Ça nous ferait très plaisir que tu viennes, Steve, renchérit Elizabeth. On monte s'habiller. Si tu en faisais autant ? »

Les deux filles se rendirent dans leurs chambres. Resté seul avec Artie, Steven songea un moment. Le match de base-ball l'avait ennuyé et il s'était senti bien seul dans la maison déserte et silencieuse. Pourquoi ne pas sortir un peu, plutôt que de rester à se morfondre au salon ?

« Alors, Steve, lança Artie en revenant à la charge, tu viens ?

— Bon oui, d'accord », accepta Steven en souriant.

Les jumelles furent prêtes en un temps record. Elizabeth était très en beauté dans sa nouvelle toilette et la robe-pull bleu ciel de Jessica donnait encore plus d'éclat à ses yeux pers. Bientôt, le quatuor s'entassa dans la voiture d'Artie et ne tarda pas à pénétrer au *Caravan* où, déjà, le bal battait son plein au son des rocks endiablés des *Droïds*. Les quatre arrivants se mêlèrent à la foule et Jessica, s'excusant auprès de ses compagnons, se hâta de rejoindre Clara, qu'elle avait entrevue au fond de la salle.

« Ah ! je suis bien contente de t'avoir repérée au milieu de tout ce monde, dit-elle à son amie.

— Pourquoi ? Qu'y a-t-il ?

— Steve est là-bas, annonça Jessica en précisant l'information d'un geste de la main. Tu devrais aller lui dire bonjour. »

Clara fit non de la tête.

« Je crois qu'il vaut mieux que je l'évite, Jess.

— Mais pourquoi ?

— Steve ne m'a donné aucun signe de vie depuis la soirée de Lila et je pense que je ne l'intéresse pas.

— Écoute, tu fais ce que tu veux, je ne discuterai pas. Mais vous n'arriverez jamais à établir un vrai contact, dans ces conditions.

— Jess..., commença Clara d'un ton d'avertissement.

— J'ai fini. A tout à l'heure. » Et Jessica s'éloigna sans ajouter un seul mot.

Malgré ses réticences, Clara réfléchit au conseil de son amie. Peut-être devait-elle faire le premier pas, Steven traversait une période difficile et sa conduite à la soirée de Lila était pardonnable. D'autant plus qu'il n'était pas responsable de l'algarade de Betsy. Et puis Clara, qui souffrait de ne plus voir ni son père ni son frère, sympathisait avec Steven. Elle savait ce que c'était que de perdre un être cher. Sans doute, pourraient-ils se remonter un peu le moral, tous les deux.

Décidant de se risquer à aborder Steven, Clara se dirigea vers l'endroit où il se tenait. Au même moment, Betsy, entrée depuis quelques instants au *Caravan,* repérait son ami et se hâtait dans sa direction. Son cours de dessin ayant été annulé, elle s'était résolue à venir faire un tour au bal de charité.

De son côté, Steven battait du pied en mesure au rythme de la dernière chanson des *Droïds,* "Crazy Love".

« Tu as bien fait d'insister pour que je vienne, Artie », dit-il à son copain.

Il aperçut alors Clara, ravissante dans sa toilette de bal et, malgré lui, son cœur fit un bond. Il se reprit aussitôt. Le moment qu'il avait passé avec elle le week-end précédent avait été la source de beaucoup de chagrin et il préférait ne pas la voir ce soir-là.

« Bonsoir, Steve, dit Clara d'une voix hésitante. Ça va ? »

Steven lui adressa un regard dénué de chaleur.

« Oui, ça peut aller », marmonna-t-il en se détournant.

Il se retrouva alors nez à nez avec Betsy, parvenue tout près de lui.

« Salut ! s'exclama-t-il d'un ton soulagé. Quelle bonne surprise ! Je viens juste d'arriver, tu sais. Les frangines ont réussi à m'entraîner jusqu'ici. Je suis heureux que tu aies pu venir !

— Moi aussi », répondit Betsy en souriant à Steven.

Elle décocha à la voisine de son ami un regard

hostile. Steven dédaignant Clara, emmena Betsy à l'écart avec vivacité.

« J'ai une foule de choses à te raconter, lui dit-il avec chaleur. Viens par là, qu'on soit un peu tranquilles. »

Clara resta un moment immobile, figée d'humiliation. Puis elle voulut s'enfuir. Quelqu'un l'interpella, la retint sur place :

« Bonsoir, Clara ! Ça te dirait de danser ? »

C'était Artie Western.

« Viens donc, lui dit-il avec gentillesse en l'entraînant sur la piste. Ce slow des *Droïds* est super. »

Clara se mit à danser, à peine consciente d'être dans les bras d'Artie. Son regard revenait toujours malgré elle vers le recoin où Steven et Betsy s'étaient réfugiés et bavardaient, debout côte à côte. Elle songeait avec angoisse que Steve l'avait une fois de plus repoussée, sans qu'elle sût pourquoi. Qu'avait-elle fait pour mériter pareil affront ?

« Tu danses bien, lui murmura doucement Artie au creux de l'oreille.

— Hein ? Oh, euh, merci. »

Le silence s'installa de nouveau entre les deux partenaires.

« Clara, reprit soudain Artie, il y a longtemps que j'ai envie de devenir ton ami. On pourrait peut-être sortir ensemble demain soir, pour faire plus ample connaissance ? »

L'invitation prit Clara par surprise. Bien qu'Artie fût sympathique et beau garçon, elle préférait éviter de s'engager avec lui. Elle chercha en hâte une excuse ; rien ne lui vint à l'esprit. Alors, elle répondit en se contraignant à faire bonne figure :

« Oui, pourquoi pas ? »

Le sourire d'Artie exprima une joie sincère.

« Extra, murmura-t-il en attirant sa cavalière tout contre lui. On fera quelque chose de spécial. »

Clara ne l'écoutait pas. Elle cherchait à voir Steven et Betsy. Mais ils avaient disparu.

De son côté, Elizabeth dansait avec Michael Sellers. Celui-ci l'avait abordée peu après son arrivée et l'avait entraînée avec assurance sur la piste. Elizabeth s'était prise d'une sorte de griserie entre ses bras. Elle avait presque la sensation de danser avec Todd. Elle ferma les yeux et s'abandonna contre son cavalier, étrangement à l'aise. Elle était subjuguée par la ressemblance de Michael avec son ami absent et commençait presque à croire qu'il n'était pas impossible de remplacer le garçon qu'elle aimait.

A la fin de la chanson, Michael se sépara d'Elizabeth.

« Je meurs de faim, dit-il sans plus de façons. Allons voir ce qu'il y a à manger. »

Elizabeth le suivit jusqu'à la table des rafraîchissements, que Winston avait décorée avec goût et où il avait disposé des mets appétissants. Michael ne parut guère impressionné.

« C'est *ça,* le buffet ? » fit-il avec dédain en s'emparant d'une assiette en carton et en y entassant une ribambelle de canapés.

Elizabeth prit un peu la mouche.

« C'est un copain à moi qui s'en est occupé, souligna-t-elle.

— Ah ouais ? Eh bien, il a encore pas mal de choses à apprendre. »

Elizabeth résolut d'ignorer le commentaire et tenta de se persuader que Michael plaisantait — bien que son air méprisant indiquât plutôt le contraire.

Ils se dirigèrent vers un coin tranquille, où l'on avait disposé quelques chaises.

« Installez-vous donc, mademoiselle, et faisons plus ample connaissance », plaisanta Michael.

Amusée, Elizabeth s'assit et, malgré elle, couva son compagnon du regard.

« Alors, reprit Michael en engloutissant un canapé, tu ne m'as toujours pas dit pourquoi tu jouais si mal au début de la partie.

— Il ne t'arrive jamais d'avoir un jour sans ?

— Très rarement. Je suis surpris que vous ayez pu gagner ! Un coup de veine, je suppose. » Michael avala un second canapé. « En tout cas, au foot, je n'ai jamais perdu un match. »

Il poursuivit durant quelques minutes sur le même sujet, confiant avec complaisance qu'il était le pilier de son équipe, à Big Mesa ; qu'il obtiendrait à coup sûr une bourse pour entrer dans une université renommée dont il deviendrait la vedette ; et que son père lui avait promis de lui offrir une voiture de sport s'il était admis.

Elizabeth le laissa monologuer sans mot dire, tentant de se persuader qu'il ne faisait de l'épate que pour cacher une certaine timidité. Elle avait une envie éperdue d'avoir de la sympathie pour Michael. Mais il lui rendait la tâche bien difficile ! Elle l'observa à la dérobée et lui trouva bien moins de ressemblance avec Todd qu'auparavant.

Les *Droïds* attaquèrent un rock très rythmé : Dan Scott, le guitariste-bassiste, s'avança au centre de la scène pendant qu'Emily Mayer se lançait dans un solo de batterie. Michael casa son assiette vide sous sa chaise et lança :

« Viens, Liz, allons danser !

— Passe-moi cette assiette, dit Elizabeth avec irritation. Je vais la jeter. »

Michael s'exécuta en haussant les épaules et Elizabeth alla jeter l'assiette dans la corbeille prévue à cet effet. Puis le couple s'engagea sur la piste de danse. La musique était assourdissante et Elizabeth se réjouit de ne pas avoir à soutenir de conversation. Mais les *Droïds* enchaînèrent ensuite sur un slow et elle se crut obligée de dire quelque chose.

« Tu es venu dans mon lycée, la semaine dernière, non ? demanda-t-elle.

— Oui, pour déposer la liste des joueurs de notre équipe. Pourquoi, tu m'as vu ? »

Elizabeth acquiesça.

« Tu aurais dû venir me dire bonjour. Ça aurait ensoleillé ma journée. »

C'est gentil, ce qu'il vient de dire, pensa Elizabeth. *Il n'est peut-être pas aussi mauvais qu'il en a l'air*. Et elle ferma les yeux, pour mieux se persuader qu'elle était avec Todd. Elle fut arrachée à sa rêverie par la voix rogue de Michael.

« Dis donc, mec, qu'est-ce que tu veux ? »

Elle ouvrit les paupières et vit que c'était Winston qu'il apostrophait ainsi.

« Désolé de vous déranger, dit Winston d'un ton d'excuse. J'aurais voulu inviter Elizabeth pour la prochaine danse.

— Du balai ! Elle est occupée avec moi.

— Michael ! » protesta Elizabeth.

Celui-ci la dévisagea avec étonnement.

« Ben quoi, qu'est-ce qu'il y a ?

— Tu es grossier.

— Écoute, c'est pas mon style de me laisser enquiquiner par un minable.

— S'il y a un minable ici, c'est *toi,* Michael Sellers ! jeta Elizabeth en s'arrachant aux bras de son cavalier et en se portant auprès de son ami. « Viens, Win, on va danser !

— Très volontiers », répondit Winston. Il adressa à Michael, qui restait bouche bée, une grimace goguenarde. « *Dis donc, mec,* persifla-t-il, tu ferais mieux de fermer ton bec. Sinon, tu risque d'avaler une mouche ! »

Et sur cette dernière et cinglante réplique, les deux copains s'éloignèrent bras dessus, bras dessous. Michael les suivit d'un regard flambant de colère. Finalement, il haussa les épaules et se fondit dans la foule.

« Liz, qui c'est ce type ? s'enquit Winston.

— Oh, un des joueurs de Big Mesa.

— Ah oui ! Il me semblait bien l'avoir vu sur le terrain.

— Tu trouves qu'il ressemble à Todd ? demanda Elizabeth avec curiosité.

« — A Todd ? Ce crâneur ? Je ne leur trouve pas grand-chose en commun ! Ce type ne soutient pas la comparaison.

— Je t'approuve, avoua Elizabeth.

— Qu'est-ce qu'il y a ? Tu as l'air plutôt abattue, tout à coup.

— Non, au contraire ! assura Elizabeth en souriant.

— Alors, dansons ! » rétorqua Winston.

Il se lança dans l'un des curieux numéros de chorégraphie un peu fou-fous, dont il avait le secret et Elizabeth s'efforça de l'imiter en riant. Puis, à la fin de la chanson, lorsque Winston eut regagné son poste au buffet, elle se réfugia auprès d'Enid, qu'elle avait aperçue au bord de la piste.

« Liz ! Comment se fait-il que tu ne sois pas avec Michael ? » s'étonna son amie.

Après avoir vu la photographie de l'équipe de Big Mesa, à *L'Oracle,* Elizabeth l'avait mise au courant de sa découverte et lui avait fait part de sa hâte à rencontrer le garçon.

« Ah ! là ! là ! soupira Elizabeth. Si tu savais ce qu'il est antipathique ! Rien à voir avec Todd. Grossier, brutal, sans cœur, vaniteux...

— A ce point-là ?

— Pire. Comment ai-je pu me fourrer dans la cervelle qu'il pourrait remplacer Todd ? Quelle stupidité !

— Tu sais, Liz, dit affectueusement Enid, quelquefois, on cherche à se persuader de choses qu'on souhaiterait être vraies. Souviens-toi de la manière dont je me suis cramponnée à George.

Et pourtant, il était clair que rien n'allait plus entre nous.

— Oui, mais tu traversais une période très difficile.

— Tout de même ! J'en ai mis du temps à admettre la réalité ! »

Elizabeth s'adossa au mur, l'air songeur.

« Il faut croire qu'il est dur d'accepter une séparation, commenta-t-elle.

— Oui, c'est dur. Mais la petite mésaventure a son côté positif.

— Comment ça ?

— Tu as compris que Todd est quelqu'un d'unique à tes yeux. Que le premier venu ne peut pas le remplacer.

— D'abord Nicholas... après, Michael... On dirait que je m'obstine à combler un vide dans ma vie, hein ?

— Oui. Tu ne devrais pas chercher à précipiter les choses. Contente-toi de prendre la vie comme elle vient, pour l'instant », déclara Enid. Tout à coup, elle éclata de rire. « Non mais, tu m'entends un peu ? La "voix de la sagesse". »

Elizabeth l'étreignit avec affection.

« Mais, je te remercie du conseil ! Il est très bon. Tu es chic avec moi, Enid.

— Normal. Tu es ma meilleure amie, non ? »

Michael Sellers avait croisé Jessica par hasard et dansait maintenant avec elle. Jessica faisait mine de s'intéresser à ses "hauts faits d'armes" en football. En réalité, son monologue autosatisfait l'ennuyait à mourir et elle se creusait la cervelle afin de trouver prétexte à se débarrasser de lui. C'est alors que Winston, qu'elle n'avait pas pu voir de toute la soirée, apparut dans son champ de mire. Enfin !

« Et c'est moi qui ai marqué l'essai décisif de la partie », conclut Michael avec complaisance.

Il allait poursuivre, mais Jessica lui coupa la parole :

« Excuse-moi, je dois voir Winston.

— Winston ? Qui ça, Winston ? fit Michael d'un ton contrarié.

— C'est lui là-bas », répondit Jessica en désignant son camarade de classe.

Et elle se hâta en direction de Win, abandonnant son cavalier au beau milieu de la piste de danse. « Jessica ! » appela celui-ci dans l'espoir de la retenir. Mais elle ne détourna même pas la tête et Michael Sellers la vit avec stupéfaction rejoindre le garçon qui avait déjà été à l'origine de sa déroute auprès d'Elizabeth. Il en resta éberlué. Enfin quoi, qu'avaient donc ces jumelles ? Et en quoi ce Winston lui était-il supérieur ?

8

*L*e soleil pénétrait à flots
dans la chambre, empêchant Jessica de dormir,
elle enfouit sa tête sous son oreiller. Puis elle se
souvint tout à coup de l'entrevue qui l'attendait.
Elle sauta à bas du lit, renonçant à prolonger sa
grasse matinée. Elle devait se rendre chez les
Egbert pour travailler avec Winston le dossier
d'anglais et elle tenait à soigner sa toilette. Qui
sait ? Le grand réalisateur d'Hollywood était
peut-être déjà arrivé ?

Tout en se douchant et en s'habillant, elle
pensa au bref entretien qu'elle avait eu la veille
au soir avec son camarade et au succès inat-
tendu de sa démarche. Winston avait été si
préoccupé par sa tâche et si distrait qu'il avait
accepté sans réfléchir lorsqu'elle lui avait
demandé de venir travailler chez lui ce jour-là.

Bientôt, Jessica fut fin prête. Elle avait choisi

de laisser flotter ses cheveux sur ses épaules, avait enfilé un jean moulant et son plus joli chandail. Ainsi vêtue, elle se sentait prête à être découverte.

« Dis donc, tu es bien belle, ce matin ! observa Elizabeth un moment plus tard lorsque sa sœur entra au salon.

— Merci, répondit Jessica en s'installant en face du canapé où sa jumelle feuilletait un magazine. Où sont les autres ?

— Papa et maman sont sortis faire des courses et Steve lave sa bagnole. »

Jessica regarda au-dehors, à travers la fenêtre. Dans l'allée, Steve lessivait sa Volkswagen avec tant de vigueur qu'il semblait vouloir décaper la peinture.

« Je me demande quel genre de soirée, il a encore passé.

— Quand on est rentrés hier soir, répondit Elizabeth d'un air grave en délaissant sa revue, je l'ai aperçu dans le jardin avec Betsy. Ils parlaient de Pat. Tu sais, je commence à te donner raison. Il vit trop dans ses souvenirs.

— Et toi, rétorqua aussitôt Jessica, quel effet ça t'a fait de danser avec Michael ? L'effet d'une machine à remonter le temps ? »

Elizabeth, qui s'était tout à fait remise de sa déconvenue depuis la veille, accueillit la remarque avec amusement.

« Tu sais très bien que non. Je jurerais que Michael t'en a touché un mot.

— Exact, admit Jessica en se pelotonnant sur son fauteuil. Le seul moment où il s'est arrêté de pérorer, ça a été pour me dire que tu étais très impolie.

— Moi, impolie ? Elle est bien bonne !

— Qu'est-ce que tu lui as fait, au juste ?

— Je l'ai plaqué pour Winston, révéla Elizabeth avec un sourire en coin.

— Oh, je vois ! fit Jessica. Il a dû enrager, quand il m'a vue en faire autant !

— Et comment ! Enid et moi on a suivi la scène. Il était furieux. »

Les deux filles pouffèrent en chœur.

« Il ne l'a pas volé, reprit Jessica. Mince ! Je n'ai jamais rencontré un m'as-tu-vu pareil.

— Tout le contraire de Todd.

— Tu auras plus de chance avec le prochain garçon, assura Jessica d'un ton léger. Mais si tu veux mon avis, il vaudrait mieux qu'il n'arrive pas trop vite.

— C'est drôle, Enid m'a dit presque la même chose.

— Alors, pour une fois, je suis d'accord avec elle, approuva Jessica en se penchant pour donner une petite claque affectueuse à sa jumelle. Au fait, tu te sers de la Fiat, aujourd'hui ?

— Non. Je dois jouer au tennis avec John et c'est lui qui vient me chercher.

— John ? Ha ! ha ! il y a de l'idylle dans l'air, blagua Jessica.

— Tu sais très bien qu'on est copains, parce qu'on bosse tous les deux à *L'Oracle*. Il n'y a rien du tout entre nous.

— Je te crois, je te crois. Bon, tu me files tes clefs ?

« — Et où sont les tiennes ? répondit Elizabeth en jetant un regard excédé à sa sœur. Oh, bon d'accord, je te les passe. »

Elle alla chercher son sac sur la petite table du vestibule, prit les clefs de la Fiat et les lança à Jessica, qui les rattrapa d'une main preste.

« Au fait, pourquoi as-tu besoin de la voiture ?

— Je vais chez Winston. On doit bosser notre dossier pour M. Collins.

— Tiens, tiens, tu fais des frais de toilette pour Win, maintenant ? Qu'est-ce qui se passe ?

— Ce n'est pas pour lui que je me suis mise sur mon trente-et-un, révéla Jessica d'un ton mystérieux. D'ailleurs, ce n'est pas ma faute si on a le même sujet à traiter. »

Elle se leva, s'empara de son sac et s'esquiva en lançant : « Amuse-toi bien avec Pfeifer ! » Un moyen comme un autre d'éviter un interrogatoire en règle.

Steven s'interrompit dans sa tâche pour la saluer et elle lui répondit gaiement, alors qu'elle sortait de l'allée en voiture. Il envia l'insouciance de sa jeune sœur. Ce matin-là, Steven était très tourmenté. Bien des choses le tenaillaient. Clara, d'abord. Il se reprochait de lui avoir infligé un affront au bal et le souvenir de son air humilié et meurtri le poursuivait depuis la veille. De plus, la nature réelle de ses sentiments pour elle n'était pas faite pour atténuer son malaise : Steven s'avouait que Clara l'attirait. Il l'avait su avec certitude le matin même. Artie lui ayant annoncé au téléphone, qu'il avait rendez-vous avec elle, il en avait éprouvé une vive jalousie.

Et puis, il s'interrogeait à propos de Betsy. Était-il vrai qu'elle l'emprisonnait dans le passé, ainsi que l'affirmait Jessica ? Steven repoussa cette pensée déloyale. Betsy l'aidait à garder vivant le souvenir de Pat. *Pat*... Ce seul nom éveillait bien des choses dans la mémoire de Steven... Comme elle lui manquait ! Il jeta son éponge dans le seau d'eau savonneuse, s'effondra sur la pelouse et, la tête enfouie entre ses mains, se mit à sangloter.

Elizabeth, qui le contemplait depuis quelques instants, dans l'embrasure de la fenêtre, sortit le rejoindre.

« Oh, Steve ! » murmura-t-elle avec compassion en s'asseyant auprès de lui.

Steven releva un visage ravagé de souffrance.

« Je me sens si perdu, Liz, dit-il d'une voix entrecoupée. Je ne sais plus où j'en suis.

— Avec le temps, tout s'arrangera.

— Tu crois ? Quelquefois, j'en doute. »

Elizabeth ne put réprimer un lourd soupir. Il lui arrivait, elle aussi, de se demander si Steven surmonterait un jour la douleur d'avoir perdu Patricia Martin.

Jessica franchit le perron de la demeure de style espagnol des Egbert et pressa la sonnette. Quelques instants plus tard, Sharon Egbert apparut sur le seuil.

« Bonjour, Jessica. Entrez donc, Winston vous attend. Il est quelque part par là. »

Comme son fils, Mme Egbert était grande et longiligne. Mais alors que Winston avait une allure plutôt dégingandée, sa mère, elle, avait de la classe. Jessica n'en éprouva pas moins une vive déception en voyant la tenue qu'elle arborait : un vieux jean, un sweat shirt taché... On ne s'habillait pas ainsi pour recevoir un hôte de marque ! Et que dire du chiffon à poussière et de la boîte de cire qui trônaient sur la petite table du vestibule ?

« Excusez ce négligé, reprit Mme Egbert en précédant sa visiteuse dans le salon, mais je suis en plein ménage. Je prépare l'arrivée de mon cousin Marty.

— Il vient souvent à Sun Valley ?

— Non. Il y a un siècle qu'on ne s'est vus. Asseyez-vous donc, Jessica. Je vais chercher Winston. »

Jessica ne voulait pas que Mme Egbert s'en aille, mais alors pas du tout ! Elle tenait à glâner autant d'informations que possible sur le fameux Marty. Elle se hâta donc d'enchaîner :

« Et dans votre enfance ? Vous étiez très proches ?

— Oh oui ! Nous avons été élevés ensemble, pour ainsi dire. Ce sera merveilleux de se revoir.

— Vous devez regretter qu'il ne vienne pas plus souvent.

— Il voyage beaucoup pour son travail.

— Et qu'est-ce qu'il fait ? risqua hardiment Jessica.

— Oh, c'est un personnage important... » commença Mme Egbert.

Elle fut interrompue par l'irruption de son fils dans le salon.

« Salut, Jess ! dit Winston avec chaleur. Prête à bosser ?

— Bien sûr, répondit Jessica en le regardant à peine. Et votre cousin arrive quand, madame ?

— Dans quelques jours. Bon, je vous laisse travailler. » Sharon Egbert sourit à la visiteuse. « Je suppose que nous allons vous revoir souvent, Jessica ?

— Oh oui ! On a une tonne de boulot à abattre, avec Winston.

— Vous êtes la bienvenue. Nous serons toujours ravis de vous accueillir.

— Merci ! » répondit Jessica, radieuse.

Elle se retrouva bientôt seule avec Winston. Alors, elle se résolut à demander :

« Tu crois qu'on en a pour combien de temps, aujourd'hui ?

— A mon avis, on n'aura pas fini de déblayer le sujet avant ce soir.

— Eh bien, autant s'y mettre tout de suite », soupira Jessica.

L'idée de passer l'après-midi avec Winston ne lui souriait guère. *Tu parles d'une partie de plaisir !* songea-t-elle. *Je commence à comprendre pourquoi les stars disent toujours qu'elles ont mangé de la vache enragée, avant de réussir.*

9

« *A* ton avis, est-ce que Clara aimerait aller au cinéma ? demanda Artie à l'autre bout du fil.

— Je crois, répondit Steven en dominant de son mieux sa réticence. Il me semble que c'est une bonne idée. »

Artie était un chic type, un si bon copain ! Steven ne voulait pas être désagréable avec lui. Mais il n'avait pas non plus envie de l'aider à mettre au point son rendez-vous du soir avec Clara — et il y avait près d'une demi-heure qu'ils en discutaient au téléphone ! Ce fut avec soulagement que Steven entendit tinter la sonnette d'entrée.

« Écoute, Artie, le livreur vient d'arriver. Il faut que j'y aille. Passe une bonne soirée », dit-il.

Et il ne tarda pas à raccrocher. M. et Mme

Wakefield étaient de sortie, invités à dîner par des amis. Steven avait donc suggéré aux jumelles de commander une pizza chez *Guido*. Lorsqu'il fit son apparition à la cuisine, les deux filles étaient déjà attablées et une délicieuse odeur de tomates et d'herbes aromatiques flottait dans la cuisine. Jessica mordait à belles dents dans une part de pizza et Elizabeth s'apprêtait à l'imiter.

« Vous n'auriez pas dû m'attendre, plaisanta Steven en s'asseyant et en attirant à lui le carton ouvert. Tiens, quelle surprise, il en reste ! »

Jessica essuya d'un revers de main la goutte de sauce qui avait coulé sur son menton.

« C'est drôle, observa-t-elle, papa et maman me reprochent toujours de m'éterniser au téléphone, mais toi, tu bats des records.

— Avec qui parlais-tu ? demanda Elizabeth.

— Avec Artie, lâcha à contrecœur Steven qui devinait que Jessica ne laisserait pas passer l'occasion de discuter du rendez-vous.

— Tu sais, Clara n'a pas vraiment envie de sortir avec lui, dit-elle en effet à son frère.

— Et pourquoi ? s'enquit Steven du ton le plus neutre qu'il put. Artie est un chic type.

— Pour ça oui, approuva Jessica. Il n'est pas son genre, c'est tout. »

Elizabeth reposa sa part de pizza sur son assiette et se joignit à la discussion :

« Je suppose que c'est Steve, son type. »

Le ton de sa sœur déplut à Jessica.

« Et qu'y aurait-il de mal à ce que Steve et Clara sortent ensemble ?

— Ce serait un couple très mal assorti, décréta Elizabeth.

— Quand je pense que tout le monde te trouve juste et généreuse ! lança Jessica en reprenant de la pizza. Tu pourrais au moins accorder à Clara le bénéfice du doute !

— Navrée, mais je l'ai vue trop souvent cancaner et médire pour la croire digne de Steve.

— Tu étais prête à pardonner n'importe quoi à Betsy, rétorqua Jessica avec colère. Mais tu es impitoyable avec Clara et pourquoi ? Parce qu'elle a commis quelques petites erreurs.

— Dis donc, tu n'as pas fini de jouer les entremetteuses ?

— Ah, en voilà assez ! s'écria Steven en abattant son poing sur la table. Cessez de parler de moi comme si je n'étais pas là ! »

Les deux filles restèrent interdites. Prises par le feu de la discussion, elles avaient bel et bien oublié la présence de leur frère.

« Vous êtes inouïes ! poursuivit Steven avec fureur. Toi Jessica, tu t'obstines à vouloir que je sorte avec Clara sans chercher à savoir si j'en ai envie. Et quant à toi, Liz, Jessica a raison, tu es injuste. Comment peux-tu manquer de cœur à ce point ? C'est vrai, Clara a commis des erreurs. Mais comme nous tous. Ta partialité à son égard est inadmissible ! »

Après cet éclat, Elizabeth se tint toute raide, le visage rouge de confusion. Mais Jessica refusait d'avoir dit son dernier mot, malgré la crise de colère de son frère. D'ailleurs, la réaction qu'il venait d'avoir lui semblait saine et elle commençait à penser qu'il serait peut-être salutaire de le faire sortir de ses gonds.

« C'est gentil de prendre la défense de Clara, Steve, dit-elle en revenant à la charge. J'aimerais bien savoir pourquoi tu as si peur de te montrer avec elle.

— *Peur ?* Moi ? siffla Steven. Et pourquoi ?

— Oh, je ne sais pas, fit Jessica tout en dévorant sa pizza. Tu as peut-être peur de ce que penseront les gens en te voyant sortir avec une autre fille. Ou de la réaction de Betsy. »

Steven se leva d'un bond, les poings serrés. Il repoussa sa chaise d'un coup de pied et alla se planter devant l'évier, le dos tourné à ses sœurs.

« C'est complètement idiot, jeta-t-il.

— Tu es bien certain ? rétorqua Jessica. Je pense que tu es terrorisé à l'idée de ce que dirait Betsy, si tu sortais avec une fille.

— Jessica ! » s'exclama Elizabeth, très choquée.

Steven se tourna vers sa cadette et la foudroya du regard.

« Je me moque de ce que peut penser Betsy ! cria-t-il.

— Dans ce cas, pourquoi fuis-tu Clara alors que vous avez passé de bons moments ensemble ? D'ailleurs, tu ne te contentes pas de la fuir ! Tu te comportes comme un mufle avec elle. »

Steven abattit son poing sur le plan de travail avec fureur.

« Jess, je t'ai déjà dit de te mêler de tes affaires ! Je fais ce qui me plaît !

— Bon, très bien, fit Jessica en haussant les

épaules. Mais n'oublie pas que Clara a un avantage sur Pat. Elle est vivante, elle. »

Steven resta étourdi quelques instants, comme si on venait de lui assener un coup de massue. Puis il tourna le dos aux jumelles et se rua hors de la pièce.

Elizabeth foudroya sa sœur d'un regard lourd de reproches.

« Comment as-tu pu lui dire une chose aussi cruelle ? s'exclama-t-elle d'une voix entrecoupée. Jess, cette fois tu as passé les bornes ! »

Soudain, les véritables sentiments de Jessica eurent raison d'elle. Ses yeux se remplirent de larmes et ce fut d'une voix tremblante d'émotion qu'elle expliqua :

« Je regrette, Liz, mais quelquefois, il faut savoir se montrer cruel pour faire du bien à quelqu'un. Nous avons essayé de toutes nos forces d'aider Steven en lui manifestant notre affection et notre pitié. Et le seul résultat, c'est qu'il s'installe de plus en plus dans la dépression à cause de la mort de Pat. J'ai cru que ça le remettrait peut-être d'aplomb de le rudoyer un peu. »

Elizabeth regarda au-dehors, à travers les portes vitrées de la cuisine qui s'ouvraient sur le patio où Steven s'était assis sur une chaise, la tête entre ses mains.

« Je ne sais quoi te dire, Jessica. Tu pourrais lui avoir fait tellement de mal, qu'il ne s'en remettra pas. »

Bien qu'il fît bon dehors — une soirée très

douce pour la saison même sous le ciel clément de Californie —, Steven frissonnait un peu. Il s'efforçait de chasser au tréfonds de son esprit, les choses que Jessica lui avait dites, mais elles revenaient sans cesse à la surface, exigeant réflexion.

Il s'avouait à contrecœur que sa sœur analysait avec justesse, et l'attitude d'Elizabeth, et ses propres réactions envers Betsy. Steven, qui accordait de la valeur à l'avis d'Elizabeth et n'aurait pu envisager de sortir avec une fille qui lui déplût, était ennuyé de la voir condamner Clara. Il savait qu'elle aurait de la sympathie pour elle, si elle venait à mieux la connaître. Il avait lui-même pu constater que Clara avait beaucoup changé, qu'elle était chaleureuse et avait du cœur.

Ses propres relations avec Betsy représentaient un problème plus sérieux. Après la mort de Pat, Betsy avait vécu un temps chez les Wakefield et tous deux étaient devenus amis intimes. Malgré le côté doux-amer de leurs entrevues, Steven y puisait une sorte de sérénité. Et il avait le sentiment qu'il leur incombait à tous deux de rester fidèles au souvenir de Pat, de perpétuer sa mémoire.

Steven sentit tout à coup se raviver sa plus grande crainte, la plus forte de toutes, la seule que Jessica n'eût pas devinée. Steven avait peur d'oublier Patricia et de la perdre ainsi pour toujours. Il s'avouait soudain, pour la première fois, qu'il avait chaque jour plus de mal à se rappeler son visage, sa voix ou son rire. Il s'était cramponné de toutes ses forces à l'image qu'il gardait d'elle mais, à mesure que le temps s'écoulait, il perdait prise sur ses souvenirs. Ils le fuyaient, aussi fluides et éphémères qu'une poignée de sable.

Toujours recroquevillé sur sa chaise, Steven s'attarda longtemps dans le patio, songeur. Enfin, il étira ses membres endoloris, se releva et rentra dans la cuisine à présent déserte. Il avait pris une décision : celle de téléphoner à Clara pour s'excuser auprès d'elle ; il lui devait bien ça. Clara était en ville avec Artie, à l'heure qu'il était. Mais il pouvait tout de même joindre ses parents et lui laisser un message. Cela soulagerait un peu sa conscience.

Steven consulta l'annuaire, trouva le numéro qu'il cherchait et le composa tout de suite sur le cadran, de peur de perdre le courage de suivre sa décision. A sa grande surprise, ce fut Clara qui lui répondit.

« Clara, c'est bien toi ? demanda-t-il.

— Oui. Qui est à l'appareil ?

— C'est Steve. »

Il y eut un silence au bout du fil. Puis Clara reprit :

« Je ne m'attendais pas du tout à ton appel.

— Et moi, je ne pensais pas pouvoir te joindre, ce soir. Je te croyais au cinéma avec Artie.

— Non. Nous avons décidé que ce serait partie remise. Il ne me semblait pas très chic de sortir avec lui dans l'humeur où je suis. Je n'aurais pas été de bonne compagnie.

— Oh », fit Steven, un instant dérouté. Puis il

se rappela la raison de son coup de fil. « Clara, écoute, je tenais à m'excuser auprès de toi. Je me suis très mal conduit, chez Lila et au *Caravan*.

— Je ne t'en veux pas. Je sais que tu traverses une période difficile.

— Ce n'est pas une raison pour me défouler sur toi. »

Il s'écoula un silence gêné.

« Bon, je te remercie d'avoir téléphoné », reprit enfin Clara.

Elle sembla sur le point de raccrocher et, tout à coup, Steven comprit qu'il n'avait aucune envie de conclure ainsi leur conversation.

« Clara, j'aimerais bien qu'on se voie demain, lâcha-t-il.

— Me voir ? s'écria Clara, saisie.

— Oui, euh, peut-être qu'on pourrait faire quelque chose ensemble ? » poursuivit Steven, se jetant à l'eau.

Clara perçut son indécision. Elle ne voulut pas lui forcer la main — si grand que fût son désir d'avoir un vrai rendez-vous avec lui et si grande fût la joie que lui causait cette invitation. Il lui vint une idée. Steven redoutait peut-être de se trouver seul avec elle. Sans doute préférait-il la voir parmi un groupe de gens.

« Bruce Patman donne une fête demain après-midi. Ça te dirait de venir ? » proposa-t-elle.

S'il y avait une chose qui ne tentait pas Steven, c'était bien celle-là ! Mais il s'expliquait la réaction de Clara.

« J'aimerais mieux qu'on se voie en tête-à-tête. Si on faisait un pique-nique ?

— Très volontiers.

— Alors, je peux passer te prendre chez toi, demain, vers une heure ? »

Steven avait hâte de conclure tous les arrangements avant de changer d'avis. Il se sentait déjà coupable d'avoir invité Clara à sortir avec lui. Que penserait Betsy, si elle venait à l'apprendre ?

« A une heure, ce serait parfait, acquiesça Clara. Je préparerai un panier-repas et on décidera où aller demain. Steve, ajouta-t-elle avec douceur, ton invitation me fait très plaisir.

— Au revoir, Clara. A demain. » Steven reposa le récepteur d'une main tremblante. *Et voilà, le sort en est jeté,* se dit-il.

Le lendemain, Steven se présenta chez Clara à l'heure convenue. Il avait prévenu sa famille qu'il serait absent tout l'après-midi sans donner d'autre précision. Elizabeth aurait sans doute critiqué son initiative et Jessica elle, en aurait été transportée de joie. Steven n'était pas d'humeur à supporter l'une ou l'autre réaction. Et puis, ignorant ce que lui réservait sa sortie avec Clara, il préférait ne mettre personne au courant à l'avance.

Clara introduisit Steven dans le salon de l'appartement, où elle vivait depuis peu avec sa mère. Le lieu était moderne et décoré avec goût, mais elle ne s'y sentait pas encore chez elle.

Elle portait une robe bain de soleil blanche, toute simple, qui se mariait bien à sa peau mate et à ses longs cheveux noirs. Sa seule vue détendit un peu Steve, qui était très angoissé.

« Tu es très belle, Clara, lui dit-il en lui jetant un regard admiratif.

— Merci. Tiens, assieds-toi. Alors, tu as une idée de l'endroit où nous pourrions aller ?

— Et si je te proposais d'aller pique-niquer au zoo ? »

Le visage de Clara s'illumina.

« Super ! J'adore le zoo. »

Steven lui adressa un sourire chaleureux.

« Ah ! je me disais bien que la compagnie des singes te plairait !

— Ce sont mes préférés.

— Alors, en route ! »

Ce fut sous un soleil éclatant que Steven et Clara franchirent le court chemin qui, le long de la route côtière, menait au zoo. Là, Steven sentit la tristesse le quitter pour la première fois depuis bien longtemps. Les deux jeunes gens déambulèrent au hasard, s'amusant à observer les éléphants qui s'arrosaient d'eau ou les singes bruyants qui voltigeaient de liane en liane. Puis, ils s'installèrent dans un petit coin de parc, sur l'aire de pique-nique. Steven étala la vieille couverture grise qu'il conservait dans le coffre de sa voiture et alla chercher des boissons à la buvette, pendant que Clara déballait le contenu de son panier, disposant poulet froid, salade composée et gâteau au chocolat. Une fois de retour, Steven s'allongea sur la couverture.

« Je suis très impressionné par tes talents de cuisinière, dit-il.

— Je ne sais *pas* cuisiner, confessa Clara. J'ai acheté le poulet et la salade chez le traiteur.

— Tricheuse, va ! protesta Steven en se redressant.

— Mais c'est moi qui ai confectionné le gâteau. Avec ces deux mains-là. » Et Clara tendit les bras, ponctuant son affirmation du geste.

« Tu as de très jolies mains », dit Steven. Sans réfléchir, il les saisit et les porta à ses lèvres ; pour les relâcher presque aussitôt, comme si leur contact le brûlait. « Pardonne-moi », dit-il.

Clara le regarda bien en face.

« Je ne crois pas que ces excuses me soient destinées, observa-t-elle.

— Non, peut-être pas, admit Steven avec franchise. Mais en tout cas, je me sens plus détendu aujourd'hui que je ne l'ai été depuis très longtemps. Pourquoi ne pas s'en tenir là ?

— Tout à fait d'accord », répondit Clara, rayonnante. Et elle changea prestement de sujet. « Tiens, voilà ta part de poulet et de salade, dit-elle. C'est très bon, tu peux me croire.

— Tu m'as convaincu, plaisanta Steven. C'est entendu, je mange.

— Comme si tu avais eu l'intention contraire ! » commenta en riant Clara.

Steven sourit, blagueur.

« Soit, j'avoue. Allez, dépêchons-nous de déguster notre déjeuner. Il ne faudrait pas être en retard à notre rendez-vous avec les phoques ! »

10

*E*lizabeth et Jessica déjeunaient dehors, sur la pelouse du lycée, imitées par bon nombre de leurs camarades. Lorsque le ciel était bleu et le temps clément, comme ce jour-là, les élèves préféraient s'installer sur la "terrasse de la cafèt" et prendre le soleil plutôt que de s'enfermer à l'intérieur.

« Alors, tu as vu Clara ? demanda Elizabeth tout en entortillant machinalement une mèche de cheveux autour de son doigt.

— Oh, pour ça oui, répondit Jessica. Mais je n'en ai pas tiré grand-chose.

— Elle t'a quand même dit qu'elle est sortie avec Steve, dimanche ?

— Oui. Il paraît qu'il l'a autorisée à m'en informer si je la questionnais. Je me demande bien comment il a deviné que je le ferais. Enfin bref, elle ne m'a rien appris d'autre. Je te jure, qu'est-ce qu'elle a changé !

— Je me réjouis de le constater, observa Elizabeth. Mais ça ne m'aurait pas déplu d'avoir des détails.

— Elle m'a juste dit qu'elle avait passé l'après-midi avec Steve et que je n'avais qu'à le questionner si je voulais en savoir davantage. Comme si ce n'était pas déjà fait ! »

Jessica se rappela la petite comédie qu'elles avaient toutes deux jouée à Steven avant son départ pour la fac, insistant avec espièglerie pour savoir où il avait passé sa journée et pourquoi il était de si bonne humeur. Leur frère s'était contenté de sourire avec bienveillance.

Elizabeth adressa un regard approbateur à sa jumelle.

« Je dois te rendre justice, Jess. J'ai cru que tu allais déclencher une catastrophe en rudoyant Steve comme tu l'as fait. Mais on dirait que tu as pris la bonne initiative. »

Jessica rayonna de satisfaction.

« Ah, enfin ! On me reconnaît quelques qualités ! dit-elle. J'ai d'autres projets, sinon je songerais à devenir psychologue.

— Ne parle pas de malheur, railla Elizabeth. Tu rendrais fous tous tes clients.

— Ha ! ha ! ha ! très drôle », ricana Jessica.

Sa jumelle la dévisagea avec curiosité.

« A propos, c'est quoi tes "autres projets" ? Ça n'aurait pas quelque chose à voir avec tes mystérieuses allées et venues chez les Egbert, par hasard ?

— Euh, si on veut », biaisa Jessica.

Elle voulut détourner la conversation, se

ravisa. Elle brûlait d'envie de révéler à quelqu'un ses mirifiques projets... et y avait-il meilleure confidente que sa jumelle ?

« Liz, tu te rappelles quand je vous ai parlé de faire carrière au cinéma ?

— Mais certainement ! fit Elizabeth, goguenarde. Oh, mon dieu ! j'allais oublier de te transmettre un message important. Harrison Ford a téléphoné hier soir. Il veut que tu sois dans son prochain film.

— Tu peux toujours te payer ma tête, va ! protesta Jessica. Figure-toi que je suis sur le point d'être découverte.

— Sans blague ? Et on peut savoir comment ?

— Liz, c'est si excitant ! Un truc incroyable. D'ici la fin de la semaine... » Jessica s'interrompit tout net en voyant passer Winston. « Ohé ? Winston ! Attends-moi ! cria-t-elle en se levant. Écoute, Liz ? je te raconterai tout plus tard. Il faut que je parle à Win. »

Restée seule, Elizabeth chercha à s'expliquer l'intérêt tout récent de sa jumelle pour leur camarade. Elle recherchait sans cesse sa compagnie alors qu'elle l'avait plutôt dédaigné par le passé. *Est-ce qu'il lui plairait ?* s'interrogea Elizabeth. Il ne serait déjà pas facile de se faire au rapprochement de Clara et de Steven, s'il avait lieu. Mais à un duo Jessica-Winston ? Il y avait de quoi en tomber à la renverse !

Elizabeth consulta sa montre ; l'heure du repas tirait à sa fin. Elle se leva et ramassa ses affaires. Alors qu'elle entrait dans la cafétéria et la traversait pour gagner le couloir, elle aperçut

Clara devant elle. Elle pressa le pas afin de se retrouver à sa hauteur.

« Salut, Clara, lui dit-elle avec timidité.

— Salut, répondit Clara non sans surprise.

— Est-ce que je peux te parler un moment ?

— On m'attend à la bibliothèque.

— C'est en partie mon chemin. Je te tiendrai compagnie pendant la moitié du trajet, d'accord ?

— Bien sûr. »

Clara espéra qu'Elizabeth ne la questionnerait pas sur sa sortie avec Steven. S'il avait affirmé son intention de mettre ses sœurs au courant, il se refusait à en informer qui que ce fût d'autre. Et il lui avait demandé de n'entrer dans les détails avec personne. Clara respectait ce souhait.

« Écoute, je sais que Steve t'a demandé de rester discrète.

— Je suis désolée, Liz.

— Rassure-toi, je comprends très bien. En fait, je voudrais te faire des excuses.

— A moi ? Mais pourquoi ?

— J'avais dit à mon frère que vous n'aviez rien à faire ensemble et c'était une grossière erreur de ma part. Steve est revenu transformé de votre rendez-vous. Si tu peux lui apporter autant de bonheur, je tiens à m'excuser de t'avoir mal jugée. »

Les deux filles étaient parvenues devant la salle de classe d'Elizabeth.

« Je dois te quitter, reprit cette dernière.

— Liz, je ne sais pas comment tourneront les

102

choses entre Steven et moi, mais je te remercie beaucoup de ce que tu viens de me dire.

— C'est à moi de te remercier, Clara. Parce que... parce que tu rends mon frère heureux. »

Clara rougit, eut un sourire timide.

« J'espère qu'on deviendra amies, dit Elizabeth.

— Je l'espère aussi. » Et Clara se sauva en direction de la bibliothèque.

« Dépêche-toi à la fin ! » gémit Jessica.

Elle se trouvait dans la voiture de Winston, sur le parking du lycée. Le garçon s'efforçait depuis un moment de faire démarrer sa vieille Volkswagen toute cabossée et le contretemps n'était pas fait pour plaire à Jessica. Certains élèves n'avaient pas manqué de remarquer qu'elle voyait beaucoup Winston, ce qui ne la flattait guère. Elle avait hâte de quitter le parking sans attirer l'attention.

« Je devrais *autor*iser ma voiture à aller plus souvent au garage, blagua Winston.

— Te devrais en faire un *auto*dafé, oui ! répliqua Jessica.

— Chut ! souffla Winston en essayant pour la énième fois de mettre le contact. Tu vas lui faire peur. »

Jessica s'impatientait. Elle tâcha de se raisonner en se répétant : *Du calme. Pense à la gloire, aux manteaux de zibeline, aux "Oscars" !*

Enfin, le moteur démarra.

« Et voilà le travail ! lança Winston. Ce n'était pas plus difficile que ça. »

Jessica se contenta de lever les yeux au ciel.

« Alors, demanda-t-elle pendant que la voiture prenait la route, vos invités sont là ? »

Ken Matthews les croisa en voiture et Winston le salua d'un coup de klaxon au grand dépit de Jessica. Impossible de passer inaperçue avec ce clown !

« Ouais-ouais, répondit Winston. Marty est arrivé hier dans la nuit avec sa femme. »

Jessica ne put dissimuler son excitation.

« J'aimerais bien faire sa connaissance », dit-elle.

Concentré sur la conduite, Winston ne remarqua pas son excès d'enthousiasme.

« Oh, tu le verras, dit-il avec nonchalance. A moins qu'il ne soit en train de faire la sieste. Sa femme et lui sont arrivés au petit matin. »

Jessica ne put supporter de voir différer le moment de la rencontre tant attendue. Elle s'était donné trop de mal afin de parvenir au but, avait perdu trop d'heures avec Winston pour accepter un contretemps.

« Il *faut* que je le voie, insista-t-elle.

— Hé ! Te voilà bien pressée de le connaître ! En quoi est-ce si important ? » interrogea Winston avec surprise.

Jessica, qui craignait d'en avoir trop dit et ne voulait surtout pas trahir ses projets, se hâta de forger un mensonge.

« Ta mère a dû parler de lui à la mienne parce qu'elle m'a demandé de lui transmettre ses souhaits de bienvenue, affirma-t-elle sans ciller.

— C'est sympa », commenta Winston.

Ils se retrouvèrent enfin chez les Egbert, mais une déception y attendait Jessica : pas de Marty en vue. Mme Egbert était là, par contre, et semblait plutôt désemparée.

« Ah ! Winston, je suis bien contente que tu sois rentré ! s'écria-t-elle.

— Pourquoi ? Qu'est-ce qu'il y a ?

— Tu sais que je donne une réception en l'honneur de Jane et de Marty, ce soir. Figure-toi que la camionnette du traiteur est tombée en panne. Il faut que j'aille chercher moi-même la collation. Tu veux bien m'emmener là-bas en voiture et m'aider à charger tout ça dans le coffre ?

— Bien sûr. Maintenant ?

— Oui. Il faut se dépêcher d'arriver avant la fermeture. Jessica, poursuivit Mme Egbert, je suis navrée de vous retarder dans votre travail. Vous pouvez nous accompagner, si vous voulez. Ou nous attendre ici, si vous préférez. Nous n'en avons pas pour longtemps. »

L'occasion était trop belle. C'était même une occasion en or, selon Jessica. Si elle restait, elle aurait peut-être la chance de voir Marty et de bavarder avec lui seule à seul.

« Je crois que je vais attendre ici tout en travaillant, dit-elle poliment. Ça nous avancera un peu.

— Parfait, dit Mme Egbert. Eh bien, allons-y, Winston. Le temps presse. »

Dès que Sharon Egbert et son fils furent partis, Jessica se mit à explorer la maison, à la recherche de Marty. Elle alla d'abord dans le jardin, imaginant qu'il prenait peut-être un bain de soleil. Mais il ne s'y trouvait pas. Pas plus qu'à la cuisine ou dans la salle de séjour. Jessica s'était convaincue qu'il se reposait dans l'une des chambres, lorsqu'elle se retrouva nez à nez avec lui au détour d'un couloir. Pieds nus, vêtu d'une chemise et d'un jean, Marty n'avait rien d'imposant. Pourtant, Jessica, d'habitude si culottée, fut tout intimidée de se retrouver face à cet homme d'âge mûr aux cheveux blonds grisonnants.

« Bonjour, dit Marty en souriant. Qui êtes-vous ?

— Jessica Wakefield, balbutia Jessica.

— Eh bien, Jessica Wakefield, où sont les autres ?

— Partis chez le traiteur.

— J'ai besoin de me réveiller un peu. Vous savez où je pourrais trouver du café ?

— Je crois que oui », répondit Jessica avec un sourire éblouissant. Et elle le mena dans la cuisine.

« Au fait, je m'appelle Marty Davis, dit l'oncle de Winston en plaçant une bouilloire sur le feu. Je suppose que vous êtes une amie de mon neveu ?

— Oui. Nous sommes très copains, tous les deux. »

Jessica fouilla dans les placards et dénicha une boîte de café soluble. Puis ils bavardèrent un peu en attendant que l'eau parvienne à ébullition. Jessica finit par trouver le courage de poser une question personnelle à son interlocuteur.

« Je me suis laissé dire que vous aviez un métier passionnant ?

— Ma foi, oui. Mais appelez-moi Marty, je vous en prie. » L'oncle de Winston versa de l'eau bouillante dans une tasse, y dilua du café. « Je vous en fais aussi ? demanda-t-il.

— Non, merci. Vous habitez à Los Angeles ? glissa Jessica, sans oser préciser : "A Beverly Hills".

— A San Francisco. Mais mon travail m'amène souvent à L.A. En fait, je suis sur le point de démarrer un nouveau projet là-bas, dit Marty.

— Vraiment ? s'écria Jessica avec enthousiasme. J'aimerais bien que vous m'en parliez. Enfin, si ce n'est pas indiscret, ajouta-t-elle précipitamment.

— Je crains que... commença Marty d'un ton hésitant.

— On m'a dit que vous excelliez dans votre domaine, insista Jessica, et j'espère moi-même m'orienter plus ou moins dans la même voie.

— Ah oui ? dit Marty en sirotant son café. Ma foi, j'accepte toujours volontiers de parler de mon travail avec des amateurs. Vous savez ce que je vous propose ? Aujourd'hui, je suis occupé. Et il faut que je me prépare pour la réception de ce soir. Si vous veniez me voir samedi ? Je vous montrerai le projet et nous en discuterons.

— Super, déclara Jessica, le visage rayonnant. Monsieur Davis, je...

— Marty.

— Oui, Marty, je viens de me souvenir que j'ai quelque chose à faire à la maison. Voudriez-vous dire à Winston que j'ai dû partir et que je le verrai demain ?

— Bien entendu.

— Merci. Merci pour tout.

— De rien, Jessica. »

Jessica reprit ses affaires dans le vestibule et partit en direction du *Dairy Burger* où se trouvait sans doute quelque copain qui accepterait de la raccompagner chez elle. Elle n'avait plus aucune raison de s'attarder chez les Egbert. Son but était atteint.

11

*C*lara ouvrit son armoire et passa ses robes en revue. La soirée qui s'annonçait avait une valeur toute particulière pour elle. C'était son anniversaire et elle devait le fêter en compagnie de Steven Wakefield. Que rêver de mieux ?

Depuis le pique-nique au zoo, Steven avait téléphoné deux fois à Clara. Mercredi, après les cours, il avait même franchi en voiture la courte distance qui le séparait de Sun Valley, dans le seul but de lui rendre visite et sans aller voir les siens. Tous deux avaient passé la soirée ensemble à regarder la télévision, puis Steven était reparti pour la résidence universitaire.

La mère de Clara avait travaillé très tard, ce soir-là, et ils avaient disposé de l'appartement à eux seuls. Mais nulle idylle ne s'était ébauchée. Steven s'était montré amical, mais réservé. Clara n'en avait éprouvé aucun déplaisir, simplement heureuse d'être en sa compagnie.

A cette occasion, Steven avait remarqué, sur un calendrier, la date que Clara avait entourée de rouge et lui avait souhaité bon anniversaire. Et puis, avant de partir, il l'avait soudain invitée à dîner avec lui ce soir-là pour fêter l'événement. C'était à elle qu'il avait confié le choix du restaurant, sans manifester à ce sujet de désir particulier. Clara, qui avait pensé qu'un endroit discret conviendrait mieux, avait décidé de réserver une table au *Valley Inn.* C'était un charmant et vieux restaurant, un peu à l'écart de la ville, où ils ne risquaient guère de retrouver des gens de connaissance.

Après avoir passé en revue le contenu de son armoire, Clara opta pour une robe à motifs bleus et blancs aux tons doux, qui mettait en valeur sa peau hâlée. Elle noua ses cheveux en chignon et mit les boucles d'oreilles que ses parents lui avaient offertes quelques mois plus tôt pour Noël. Ce geste la ramena en pensée à l'époque où la famille était encore heureuse — en apparence, du moins. *A quoi bon ruminer ?* songea-t-elle en se secouant. *Pensons plutôt à la merveilleuse soirée qui m'attend.* Elle achevait de se parfumer, quand la sonnette retentit. Après un ultime coup d'œil dans le miroir, elle alla ouvrir. Steven se tenait sur le seuil, plus beau que jamais dans son veston bleu, sa chemise blanche et son pantalon de flanelle grise.

« Bonsoir, Clara, dit-il avec chaleur.

— Bonsoir, Steve. Entre donc.

— Tu es ravissante.

— Merci. » Clara eut un sourire timide. « Et si tu t'asseyais un moment ? J'ai réservé pour sept heures et demie. On a un peu de temps.

— Tant mieux, dit Steven en s'installant sur le sofa. Comme ça, tu auras le temps d'ouvrir ton cadeau. »

Clara n'avait d'yeux que pour Steven, jusque-là. Elle n'avait pas remarqué le paquet qu'il tenait à la main.

« Tu n'aurais pas dû, voyons.

— Un anniversaire sans cadeau, ce n'est plus un vrai anniversaire, répondit Steven en lui offrant le présent. Je l'ai enveloppé moi-même », ajouta-t-il d'un ton d'excuse.

Émue, Clara prit l'objet qu'il lui tendait et qu'il avait entouré de papier rose et blanc rattaché par un ruban à gros nœud très gai.

« Tu ne l'ouvres pas ? demanda-t-il.

— Si, bien sûr. »

Clara s'assit auprès de lui sur le sofa et commença à dénouer le ruban.

« Si tu le coupais, non ?

— Jamais de la vie ! déclara-t-elle. Je veux mettre autant de soin à ouvrir mon cadeau que tu en as mis à l'emballer. »

Sa remarque fit plaisir à Steven, qui la regarda faire. Une fois le ruban ôté, Clara lut la petite carte qui accompagnait le présent. « Heureux anniversaire à une très chic fille », disait-elle. Le cadeau en lui-même était le dernier roman policier d'un des auteurs favoris de Clara.

« Oh, formidable ! s'exclama-t-elle.

— Il vient juste de paraître.

— Je sais. J'ai vu une critique très élogieuse dans le journal et j'avais hâte de le lire. Merci. Merci beaucoup. »

Clara fut tentée d'embrasser Steven, sentit qu'il valait mieux s'abstenir, et se contenta de lui sourire.

« Tu veux boire quelque chose ? demanda-t-elle.

— Non, merci. Nous devrions peut-être partir, tu ne crois pas ? Il pleuvait quand je suis arrivé. Ça pourrait provoquer des embouteillages.

— Je vais prendre mon imper, dit Clara en se rendant dans le vestibule.

— Au fait, lui lança Steven depuis le salon, où va-t-on ?

— Au *Valley Inn*. »

Par chance, Clara ne vit pas Steven pâlir et se décomposer à son annonce. *The Valley Inn* ! C'était le restaurant où il s'était rendu avec Pat pour leur dernière sortie, avant qu'elle ne fût devenue trop faible pour quitter la maison. Les souvenirs l'assaillirent : Patricia, amaigrie mais plus belle que jamais, avait dansé entre ses bras au son d'une vieille mélodie. Sa favorite : "Always". Et il avait fredonné les paroles contre son oreille... S'il y avait un endroit au monde que Steven désirait fuir, c'était bien *The Valley Inn*.

« Steve ? On y va ? »

Steven s'aperçut que Clara se tenait devant lui, revêtue de son imperméable, et comprit qu'elle avait déjà dû l'appeler à plusieur reprises. Il évita son regard. Clara était si belle, et avait paru si heureuse de sortir avec lui ! A présent, elle avait une expression inquiète, et semblait se demander quel impair elle avait pu commettre pour le rembrunir ainsi. Steven se refusa à lui faire une fois de plus de la peine. Il refoula les sentiments qui le bouleversaient.

« On y va ! » lança-t-il d'un ton crâne.

Et ils partirent. Dehors, la pluie avait cessé et il flottait une odeur agréable, vivifiante. Clara se montra si enjouée pendant le trajet que Steven se détendit un peu. Il traversa, cependant, quelques minutes pénibles lorsqu'il se retrouva à l'entrée du *Valley Inn* avec sa compagne, à attendre que le maître d'hôtel les menât à leurs places. Heureusement, on leur avait réservé une table au fond du restaurant, à l'opposé de là où il avait dîné avec Pat.

« Cet endroit est ravissant », dit Clara en contemplant autour d'elle les nappes de lin blanc et les bouquets de fleurs. Dans un angle, un orchestre jouait de vieilles mélodies romantiques.

« Oui, très, répondit Steven avec nostalgie.

« — Tu y es déjà venu ?

— Ou-oui, une fois. Avec ma famille. »

C'était vrai. Steven et les jumelles avaient emmené leurs parents au *Valley Inn* pour une soirée d'anniversaire, quelques années plus tôt. Avant que Steven se fût décidé à parler de Pat, un serveur se présenta avec le menu. Les deux jeunes gens choisirent des côtelettes de mouton, des pommes au four et de la salade verte. Pendant le repas, Steven orienta la conversation sur les activités de sa compagne. Clara, qui faisait comme Jessica partie de l'équipe des majorettes, lui décrivit avec verve leur dernière séance d'entraînement. Puis, tous deux se racontèrent des souvenirs de classe, parlèrent en riant des professeurs qu'ils connaissaient.

« Tu ne vas pas me faire croire que Mme Ray te faisait peur ! pouffa Clara. Un grand garçon comme toi !

— Oh si ! assura Steven. Elle a beau avoir l'air d'une toute petite chose fragile, elle nous faisait filer à la baguette. J'avais une de ces frousses, quand elle nous interrogeait sur la conjugaison des verbes espagnols ! »

Clara approuva, racontant à Steven sa mésaventure d'un jour — lorsqu'elle avait oublié un devoir à la cafétéria.

« Quand je suis arrivée en cours et que je me suis aperçue qu'il n'était plus dans mes affaires, j'ai réalisé que j'avais dû le laisser tomber sans m'en rendre compte dans la corbeille des bouteilles vides. Je me suis précipitée dare-dare à la cafèt et je me suis mise à fouiller la poubelle. J'aimais mieux ça que d'être obligée de dire à Mme Ray que j'avais perdu mon devoir. »

Steven songea un bref instant, un peu ailleurs. Il n'était pas aussi difficile qu'il l'aurait cru de dîner au *Valley Inn* avec quelqu'un d'autre qu'avec Pat. Au début, cela lui avait été pénible. Mais la présence de Clara effaçait l'amertume de la situation. Lorsque le serveur apporta le dessert — une tarte aux fraises à la crème — Steven s'était tout à fait détendu.

« Oh zut ! J'ai oublié ! s'exclama-t-il tout à coup.

— Quoi ? Qu'est-ce qu'il y a ?

— J'aurais dû prévenir le serveur que c'était ton anniversaire. Comme ça, tu aurais eu droit à un gâteau avec des bougies.

— Et tout le restaurant aurait chanté en chœur "Heureux anniversaire". Non merci, très peu pour moi, dit Clara. Je suis contente que tu n'en aies rien fait.

— Ça t'aurait gênée ?

— Pire que ça. Terrifiée. C'est drôle, avant je cherchais toujours à me faire remarquer. Maintenant, je préfère rester dans l'ombre.

— Dis-moi, si on dansait ?

— Pourquoi pas ? »

Steven et Clara se levèrent et se fondirent au milieu des danseurs. L'orchestre jouait un vieil air, romantique et un peu lent, et alors qu'il tenait sa compagne serrée entre ses bras,

Steven s'avoua qu'il se sentait très attiré par elle.

« C'est une jolie chanson, dit Clara en levant les yeux vers lui.

— Très jolie. Comme la fille que je tiens dans mes bras. »

La mélodie s'acheva et Clara voulut retourner à table. « Holà, pas si vite ! » protesta Steven en l'attirant à nouveau contre lui. Clara céda, heureuse de le voir réagir ainsi. Mais dès les premières mesures de la chanson suivante, Steven se raidit. L'orchestre jouait "Always" ! La chanson que Patricia avait tant aimée ! Steven eut soudain l'impression d'étouffer. Clara remarqua aussitôt son trouble.

« Steven, qu'est-ce qu'il y a ? Tu as un malaise ?

— Non-non, ça va très bien », affirma Steven en s'efforçant de donner le change.

Mais il souffrait. Et il s'en voulait de danser sur cette mélodie avec une autre que Pat. Cela lui semblait la pire des trahisons. L'air que jouaient les musiciens l'obsédait, il perdait peu à peu conscience de la présence de sa compagne. Steven n'entendait plus que cet air : "Always".

Toujours... Pat croyait que je connaissais le sens de ce mot. Mais il faut croire que non, pensa-t-il avec désespoir.

« Tu ne veux pas me dire ce qui ne va pas ? » insista Clara.

Steven secoua la tête. Non, il ne voulait pas,

il ne *pouvait* pas. Il désirait seulement ne plus entendre cette musique lancinante. Il se sentit soudain pris de vertige, le visage de Clara se brouilla devant lui et il s'immobilisa.

« Clara, je... Clara, je te demande pardon... Je ne peux pas rester ici. »

Et sur ces paroles entrecoupées, Steven s'enfuit, laissant sa compagne seule sur la piste sous le regard curieux de plusieurs clients. Clara le vit s'arrêter à la table, y jeter en hâte quelques billets et s'élancer au-dehors. Dévorée de honte, elle revint jusqu'à la table où le serveur avait déjà placé l'addition, paya avec l'argent que Steven avait laissé, mit son imperméable et sortit après avoir demandé un taxi. Puis elle s'installa sur un banc et attendit sombrement l'arrivée de la voiture.

Lorsque Clara parvint chez elle, le téléphone sonnait dans l'appartement. Elle ne décrocha pas, elle n'avait envie de parler à personne. Elle ôta ses chaussures et se laissa tomber avec lassitude sur le divan, désireuse de ne plus penser à rien. Mais la sonnerie persistait, insistante, et elle dut se résoudre à décrocher.

« Allô ? dit-elle avec effort.

— Clara, c'est moi, Steven. »

Clara avait reconnu d'emblée la voix qui s'adressait à elle. Mais elle resta silencieuse.

« Tu m'entends ? reprit Steven d'un ton plaintif.

— Oui.

— Clara, je regrette tellement. Je t'en prie,

laisse-moi t'expliquer. Je passais une bonne soirée avec toi, je t'assure. Je... C'est au *Valley Inn* qu'on a passé notre dernière soirée en public, Patricia et moi. Je ne voulais pas te le dire.

— Tu aurais dû le faire, pourtant, répondit Clara après un silence pensif. Ça nous aurait épargné des souffrances inutiles à tous les deux.

— Mais je passais une très bonne soirée, insista Steven.

— Alors, pourquoi a-t-elle si mal tourné ? s'enquit Clara d'un ton dénué d'émotion.

— Cette chanson qu'ils jouaient... "Always"... C'était la préférée de Pat. Je n'ai pu supporter de l'entendre alors que je me trouvais dans les bras de quelqu'un d'autre », confessa Steven.

Il attendit un instant que Clara réagît, même si cela devait être pour se mettre en colère contre lui. Mais rien ne vint.

« Je m'excuse. Je suis impardonnable de t'avoir laissée toute seule là-bas. Tu es rentrée sans encombre, au moins ? reprit-il avec gêne.

— Oui, j'ai appelé un taxi. »

Nouveau silence.

« Clara, que puis-je pour me faire pardonner ?

— Steven, je t'aime beaucoup, tu le sais, répondit Clara avec tristesse. Mais tu restes attaché à Patricia d'une manière qui ne peut que nuire à toute relation entre nous. Sois franc, Steve. Tu ne te sens pas libre de sortir avec d'autres filles, n'est-ce-pas ?

— Non, pas vraiment, avoua Steven.

— Je le regrette, crois-moi. Mais je ne peux pas rivaliser avec un fantôme. D'ailleurs, je n'y tiens pas.

— Clara, j'aimerais que tu m'accordes encore ma chance.

— Et moi, j'aimerais t'aider à t'en tirer. Mais es-tu prêt à m'accepter ? »

Il fallait apporter à cette question une réponse honnête, et Steven le savait. Elle n'allait pas les rendre plus heureux, hélas !

« Je voudrais l'être, Clara, dit-il.

— Mais tu ne l'es pas.

— Non, murmura Steven, je ne le suis pas. »

12

*O*n était samedi. Jessica, qui avait patienté toute la semaine, était prête à affronter son entrevue décisive avec Marty Davis. La gloire était à sa portée, elle le sentait. Mais elle voulait voir le metteur en scène seule à seul. Elle téléphona donc chez les Egbert afin de connaître leurs projets du jour et de pouvoir choisir le meilleur moment pour faire sa visite. Winston décrocha dès la seconde sonnerie.

« Villa Egbert. Egbert vit là, les autres pas, chantonna-t-il dans l'appareil.

— Et tu te crois drôle ? dit Jessica en levant les yeux aux ciel. Écoute, Winston, je te téléphone pour savoir quand on pourrait se voir aujourd'hui.

— Pas ce matin. Je sors avec ma mère et ma tante. Il n'y aura que mon oncle Marty à la maison.

— Ah oui ? Dommage, je dois passer dans votre quartier, tout à l'heure. Remarque, je pourrais venir quand même bosser chez toi. Puisque tu as les trois quarts des documents qu'on a rassemblés.

— Si tu veux. On devrait rentrer vers treize heures, par là.

— C'est très bien. On se verra à ce moment-là. Salut, Winston. »

Et Jessica raccrocha avec un sourire de triomphe. Sa joie fut de courte durée. En entrant dans la cuisine, elle trouva là sa mère, l'air triste et abattu. Alice remuait son café d'un geste machinal et son visage juvénile semblait soudain vieilli.

« Maman, mais qu'est-ce qu'il y a ? s'écria Jessica.

— Je suppose que tu n'as pas encore vu Steve, ce matin.

— Non, dit Jessica en s'asseyant à côté de sa mère.

— Moi si, intervint Elizabeth en faisant son entrée dans la cuisine et en s'attablant à son tour. Je me demande ce qui lui arrive. Qu'est-ce qui a pu le bouleverser à ce point ? Il allait si bien, ces derniers jours.

— Vous êtes bien sûres qu'il y a quelque chose qui cloche ? demanda Jessica.

— Il n'a pas arrêté d'aller et venir, cette nuit, répondit sa mère. Je suis descendue à trois heures et je l'ai trouvé assis dans le salon. Il avait fait du feu dans la cheminée et il fixait les flammes d'un air absent. Je lui ai dit que je l'avais entendu s'agiter et je lui ai demandé si je pouvais l'aider. Il a voulu que je le laisse seul.

— Mince ! fit Jessica. Est-ce qu'il se serait disputé avec Clara ?

— Je l'ignore, dit sa jumelle. En tout cas, ce matin, il est parti avec Betsy.

— Betsy ! Encore ! Et Clara ? qu'est-ce qu'elle devient dans tout ça ?

— Steven est très instable depuis... soupira Mme Wakefield. Je me demande combien de temps il va encore tenir le coup.

— Il doit y avoir une raison à sa réaction, mais laquelle ? » s'interrogea Elizabeth, désemparée.

Jessica était elle aussi inquiète du brusque revirement d'humeur de son frère. Mais le problème devait attendre. Elle ne devait pas oublier son important rendez-vous.

« Écoutez, il faut que j'y aille. On discutera de ce qui arrive à Steve un peu plus tard, d'accord ? » dit-elle.

Et, après avoir embrassé sa mère, elle partit en voiture chez les Egbert. Pendant le trajet, elle caressa un instant le projet de passer rendre visite à Clara, puis y renonça. A quoi bon cette perte de temps ? Son amie était devenue si renfermée qu'elle n'en tirerait sans doute rien. Autant aller d'abord chez Winston, comme prévu. Et puis qui sait ? Lorsqu'elle rentrerait à la maison et annoncerait à la famille qu'elle venait d'obtenir le premier rôle dans un film, Steven retrouverait peut-être bon moral.

Ce fut une Jessica surexcitée qui franchit les

marches du perron des Egbert et pressa la sonnette. Comme personne ne venait ouvrir, elle contourna la maison pour voir si Marty se trouvait dans le jardin de derrière. Il était bien là, installé sur une chaise-longue, feuilletant un épais cahier à couverture bleue. *"Le scénario !"* pensa Jessica en se dirigeant vers lui.

Marty releva la tête et la vit.

« Bonjour, Jessica, dit-il. Comment allez-vous ?

— Je suis en pleine forme, répondit celle-ci en souriant avec coquetterie. Qu'est-ce que vous êtes en train de lire ?

— Venez vous asseoir près de moi, proposa Marty en tapotant de la main la chaise proche de lui. C'est le projet dont je vous ai parlé. »

Jessica s'exécuta et lorgna avec impatience du côté du gros cahier bleu, maintenant refermé.

« Ce que j'ai hâte de voir ça ! s'écria-t-elle.

— Tenez, allez-y.

— Voilà une lecture qui va me passionner jusqu'au bout, pour une fois ! affirma Jessica en s'emparant de l'épais manuscrit.

— Vous n'allez tout de même pas tout lire ? s'étonna Marty.

— Pourquoi ? Je ne devrais pas ?

— Commencez plutôt par ce qui vous concerne. »

Ah-ah ! Il y a déjà un rôle pour moi ! pensa Jessica, transportée de joie.

« J'ai une meilleure idée, reprit-elle. Si vous me racontiez d'abord l'histoire ? »

Marty s'esclaffa avec un bruit en se tenant les

côtes, comme s'il venait d'entendre la plus tordante des plaisanteries.

« Raconter l'histoire ! Ah, elle est bonne, celle-là ! » s'écria-t-il.

Jessica, qui ne savait que penser, s'abstint de réagir.

« Ma foi, c'est faisable, reprit Marty une fois calmé. C'est l'histoire d'un homme qui cherche le meilleur circuit routier d'évacuation des ordures ménagères de Los Angeles.

— Les ordures ? interrogea Jessica d'une toute petite voix. Ce n'est pas un sujet très attrayant, non ?

— Pour les autres, peut-être pas. Mais nous avons de la chance, tous les deux, lui rétorqua Marty avec un petit clin d'œil. Ça nous intéresse. »

Jessica doutait fort qu'un film sur un tel sujet pût faire un succès. Mais après tout, Marty était un réalisateur coté à Hollywood et il devait savoir ce qu'il faisait. A moins qu'il ne fût tout simplement excentrique. Winston était lui-même un garçon assez bizarre, non ? Un trait de famille, sans aucun doute.

« Je vais jeter un coup d'œil, reprit Jessica après un silence perplexe.

— Bien sûr, dit Marty. Prenez votre temps. » Et il se réinstalla sur sa chaise, ferma les yeux.

Jessica souleva la couverture bleue, qui ne portait aucune indication, et vit alors la page de titre. Quel choc ! Elle en resta saisie d'étonnement. "Stratégie pour une élimination des déchets dans le comté de Los Angeles", lisait-on. Et cela n'avait pas l'air d'une plaisanterie, bien au contraire ! Le détail de la table des matières était tout à fait explicite sur le contenu du rapport. Jessica parcourut en hâte l'introduction ; elle était signée : Marty Davis, ingénieur du génie civil.

« Vous êtes ingénieur du génie civil ? » risqua-t-elle.

Marty leva les yeux et se redressa. C'était lui, cette fois, qui était surpris.

« Vous ne le saviez pas ?

— Je ne connaissais pas votre titre exact, répondit Jessica.

— Il va falloir que vous prépariez vous aussi un diplôme d'ingénieur, vous savez. Après avoir obtenu un bac à dominante scientifique. Vous êtes bonne en maths et en sciences ?

— Mon prof de chimie me dit toujours que je mériterais une classe pour moi toute seule. »

Le commentaire était authentique... sinon flatteur. Jessica était sans cesse en train de bavarder ou de faire passer des mots, pendant le cours de M. Russo. Il lui avait déclaré une fois qu'il aurait fallu l'isoler dans une salle de classe, afin qu'elle ne puisse plus déranger ses camarades.

« C'est un bon point, observa Marty. Et puis, vous verrez, c'est un métier excitant. Alors, si nous regardions un peu mon rapport ensemble ? »

Jessica pensa s'excuser, refuser la proposition sous prétexte de ne pas accaparer Marty. Mais elle n'osa pas, tant elle se sentait mortifiée.

Alors, elle passa près d'une heure en plein soleil à écouter son interlocuteur lui exposer les diverses méthodes possibles pour l'élimination des déchets de voirie à Los Angeles. Ce fut avec un soulagement immense qu'elle accueillit l'arrivée de Winston. Sauvée, enfin ! Jessica remercia Marty de son obligeance et suivit son camarade à la cuisine.

« Dis, Winston, je pourrais avoir une boisson fraîche ? demanda-t-elle. J'ai l'impression que ma tête va éclater.

— Bien sûr », lui dit Winston avec gentillesse en lui versant un grand verre de limonade. « Jess, je ne comprends pas, poursuivit-il. Comment ça se fait que tu discutais avec mon oncle Marty de son rapport ?

— Je n'en sais rien, dit Jessica avec un geste évasif. Ça m'avait semblé intéressant.

— Oui, c'est un type passionnant, observa Winston. Dommage que tu ne puisses pas rencontrer son frère Phil.

— Phil ?

— Phil Davis. Tu as dû en entendre parler. Il est très connu, comme metteur en scène. Il a fait un tas de films super. Surtout pour adolescents.

— Et... et il devait venir ? demanda Jessica avec effort.

— Ouais. Mais il a dû y renoncer au dernier moment. Il a été retenu à Londres plus longtemps que prévu pour un tournage. Il était très déçu de ne pas nous voir. Bon, on se met au boulot ?

— J'aimerais mieux remettre ça à un autre jour. Je ne me sens pas très bien.

— C'est malheureux. Tu ne veux même pas rester déjeuner ? Ma mère a préparé un "pâté surprise". »

Jessica se leva et se dirigea vers la porte.

« Non, merci, Winston. J'ai eu mon compte de surprises pour aujourd'hui. »

13

« *T*u vois, Liz, la soirée a été un vrai désastre. »

Dans la Volkswagen jaune de Steven, Elizabeth et son frère roulaient vers le *Dairy Burger*. Les jumelles s'y étaient donné rendez-vous et Steven avait insisté pour conduire sa sœur afin de pouvoir se confier un peu à elle.

Elizabeth soupira. Steven l'avait aidée à faire face au départ de Todd et elle aurait voulu le soutenir à son tour. Mais comment ?

« Si tu t'expliquais comme il faut avec Clara, risqua-t-elle, je suis sûre que...

— Je t'ai dit que je l'ai fait, coupa Steven. Et d'ailleurs, à quoi bon insister ? Comme je l'ai expliqué à Clara, je ne me sens pas prêt à recommencer avec une autre fille. Je crois bien que je ne le serai jamais.

— Steve ! Il ne faut pas dire ça ! Tu mets un

peu plus de temps à te ressaisir que prévu, voilà tout. »

Steven gara la voiture devant le *Dairy Burger* et coupa le contact. Puis il se tourna vers sa sœur, dont le regard bleu-vert était aussi troublé que le sien.

« Clara est une fille adorable. Elle me rappelle beaucoup Pat, par certains côtés. Et puis elle est vulnérable, parce qu'elle a souffert. Et je ne fais que la rendre plus malheureuse. »

Elizabeth ne sut que dire. Elle éprouvait une immense compassion pour Steven.

« Où vas-tu, maintenant ? lui demanda-t-elle.

— Je pensais aller voir Betsy.

— Si tu crois que ça va te faire du bien, lâcha Elizabeth d'un ton dubitatif.

— Oh, oui. Elle doit me montrer des photos de Pat quand elle était toute petite. »

Il sembla à Elizabeth que c'était une façon bien triste et déprimante de passer l'après-midi. Mais puisque Steven semblait persuadé du contraire... Elle regretta une fois de plus de ne pouvoir l'aider, se pencha vers lui pour l'embrasser avec affection.

« Prends bien soin de toi, Steve », dit-elle.

Puis elle sortit de voiture, s'attarda quelques instants sur le trottoir, en regardant s'éloigner la Volkswagen d'un air songeur. Que faire ? Mais que faire ? Préoccupée, Elizabeth se décida pourtant à entrer au *Dairy Burger*. Elle y retrouva une Jessica morose et abattue.

« Comment ça va ? demanda-t-elle en s'asseyant en face de sa jumelle.

— Pas du tout.

— Tu n'avais pas l'air en forme, quand tu m'as téléphoné. Tu ne veux pas me dire ce qui se passe ? »

Jessica secoua la tête.

« C'est trop humiliant.

— Alors, on va se commander un bon déjeuner, ça te remontera le moral. Allez, je t'invite, dit Elizabeth d'un ton cajolant.

— Si tu veux », marmonna Jessica sans le moindre entrain.

Les deux filles se levèrent et se frayèrent un passage au milieu de la petite foule qui s'amassait devant le comptoir. John Doherty, l'un des patrons du café-restaurant, vint prendre leur commande.

« Un hamburger, des pommes allumettes et une boisson aux plantes, dit Elizabeth tout en décochant un petit coup de coude à sa sœur, qui gardait la tête basse.

— Et pour vous ? demanda John Doherty en ne voyant pas réagir Jessica.

— Rien, dit cette dernière en poussant un soupir appuyé.

— Allez, quoi, insista sa jumelle. Il faut que tu manges un peu.

— C'est toi qui paies, Liz ? »

Elizabeth fit oui de la tête.

« Alors, je vais me forcer un peu. Un hamburger. Et un lait à la vanille, annonça Jessica après une petite pause. Pour m'aider à digérer.

— C'est tout ? demanda John Doherty.

— Oh, tant qu'on y est, je vais aussi prendre des frites.

— Et avec ça ?

— Rien, pardi ! s'exclama Jessica en toisant M. Doherty d'un air outré. Je n'ai tout de même pas faim à ce point-là ! »

Lorsque les deux filles furent retournées à leur table, Elizabeth revint à la charge.

« Alors, qu'est-ce qui se passe ? Dis-moi tout. »

Cette fois, Jessica raconta par le menu sa mésaventure.

« Et voilà, acheva-t-elle d'un ton dramatique. Tu sais toute l'affreuse vérité. Voilà comment, j'ai été bernée et trahie par la famille Egbert. »

Si indulgente que fût Elizabeth à l'égard de sa jumelle, elle ne l'était pas au point de laisser passer sans le relever ce petit numéro affecté à l'excès.

« Arrête, Jessica. Sois franche. La seule personne qui ait roulé son monde, dans cette histoire, c'est toi. »

Jessica prit son air le plus désespéré.

« Oui, je l'admets. Je reconnais que je n'ai pas été tout à fait honnête. Mais je l'ai chèrement payé. Pas de rôle. Pas d'"Oscar". Et en plus, je suis la risée de tout le lycée à cause de Winston. Les gens croient que je *m'intéresse* à lui, figure-toi.

— Winston est un type très bien et c'est l'avis de tous les élèves. Excepté toi et tes snobinards de copains », déclara Elizabeth d'un ton appuyé.

La remarque engagea Jessica à se confesser jusqu'au bout.

« Alors, tu ne m'en voudras pas si j'ai dit à certaines personnes que je me suis montrée sympa avec lui pour lui faire un peu l'article à ton sujet ? »

Elizabeth éclata de rire de bon cœur.

« Mais non, je ne t'en veux pas. Ça ne fera jamais qu'une rumeur de plus. D'ici quelques jours, on n'en parlera plus, d'ailleurs. »

John Doherty apporta leur repas aux deux filles et, après avoir marqué un temps d'hésitation, Jessica, renonçant à jouer le désespoir, se mit à dévorer de bon appétit.

« Au fait, et le vrai metteur en scène ? Il va venir un jour ? lui demanda Elizabeth tout en s'attaquant à son hamburger.

— Comme si ça avait un intérêt ! lança Jessica. Hé ! rectifia-t-elle, minute ! Si, ça m'intéresse. »

Elizabeth poussa un gémissement comique.

« Ben quoi, reprit Jessica, j'ai déjà préparé le terrain chez les Egbert, non ? Phil Davis viendra sûrement à Sun Valley un jour ou l'autre. Je tiens à être prête pour son arrivée.

— Prête ? Comment ça ? s'enquit Elizabeth avec une commisération amusée.

— En restant en bons termes avec son cher neveu, pardi.

— Mais, tu viens de dire que... »

Jessica ne laissa pas à sa sœur le loisir de poursuivre.

« Écoute, Liz, dit-elle en avalant d'un trait

son verre de lait, Lila vient d'entrer et j'ai un truc à lui demander. » Là-dessus, elle s'esquiva.

Jessica jouait à manipuler son monde, une fois de plus. Mais Elizabeth, qui ne s'en étonnait pas, ne s'en inquiétait guère non plus. Jess était de taille à se défendre.

Si au moins Steven pouvait faire preuve de la même vitalité ! Il était affreux de le voir se cramponner au souvenir de Pat de façon aussi farouche, aussi éperdue. Patricia n'avait pas voulu cela. Elizabeth le savait avec certitude. Il aurait fallu pouvoir le faire comprendre à Steven. Et à Betsy.

J'y suis, se dit soudain Elizabeth. *J'ai trouvé ce qu'il faut faire.*

14

*E*lizabeth engagea la Fiat dans Wentworth Avenue. Là, le paysage se dégradait. Des déchets et des éclats de verre brisé jonchaient les trottoirs. On n'était plus dans le Sun Valley, qui était familier à Elizabeth et qu'elle affectionnait. Elle roula lentement le long de la rue, en quête de la maison de Betsy Martin, et finit par trouver le numéro qu'elle cherchait. Elle vit avec effarement que c'était l'une des baraques les plus délabrées du quartier. La peinture des murs s'écaillait, la pelouse était brunâtre et envahie de mauvaises herbes, et une balançoire hors d'usage encombrait le perron.

Elizabeth gara sa voiture et s'attarda un moment à l'intérieur, en observant les alentours pour s'assurer que la Volkswagen de son frère n'était pas dans les parages. Pour bien des raisons, c'était Betsy qui, sans vraiment le vouloir, modelait les humeurs de Steven. Elle était sans doute persuadée de bien agir et ne voulait pas nuire à son ami. Elizabeth voulait lui prouver qu'elle commettait une erreur. Et elle connaissait un secret qui lui permettrait de la convaincre.

Elle sortit de voiture et franchit d'un pas résolu les marches branlantes du perron des Martin. La sonnette semblait cassée. Alors, elle frappa à grands coups à la porte. Celle-ci finit par s'entrouvrir et la tête de Betsy apparut dans l'entrebâillement.

« Elizabeth ! s'exclama-t-elle en ouvrant toute grande la porte. Mais que fais-tu là ?

— Betsy, j'ai à te parler. C'est très important. Je ne me serais pas permis de venir, sinon. »

Betsy introduisit sa visiteuse dans la petite salle de séjour. La pièce était nette. De vieux rideaux délavés mais propres ornaient les fenêtres. Il y avait un fauteuil à bascule recouvert d'un plaid au crochet. Quelques-unes des aquarelles de Pat décoraient le lieu. Mais leurs couleurs claires accentuaient par contraste la teinte grisâtre des murs. Elizabeth s'installa sur le fauteuil et fit signe à Betsy de venir s'asseoir sur une chaise, près d'elle. Celle-ci obéit à son invitée d'un air défiant.

« Betsy, dit Elizabeth en guise d'introduction, nous sommes devenues très amies, lorsque tu as séjourné chez nous. »

L'expression fermée de Betsy se radoucit. Elle repensa à toutes les gentillesses, qu'Elizabeth

avait eues avec elle, quand elle avait été héber-
gée quelque temps chez les Wakefield, après la
mort de sa sœur.

« Nous avons été plus que des amies, rectifia-
t-elle. Tu m'as aidée à me ressaisir et à remonter
la pente.

— Ce n'est pas pour quêter des remer-
ciements que je te dis ça, Betsy. Je voulais te rappeler que je ne suis pas ton ennemie. »

Betsy détourna les yeux.

« Je me suis aperçue que vous n'étiez pas
enchantées de me voir passer beaucoup de
temps avec Steve, Jessica et toi.

— Ce n'est pas la durée de vos entrevues qui
est en cause. C'est qu'elles soient consacrées à
parler de Pat. »

Betsy s'indigna.

« C'est notre droit ! Pat était la personne qui
comptait le plus au monde pour nous.

— Je sais. Et je voudrais te parler de deux
choses qui étaient très importantes pour elle. De
deux promesses.

— Des promesses ? interrogea Betsy avec
curiosité.

— Oui, et tu connais l'une d'entre elles. Sur
son lit de mort, Pat a fait jurer à Steve de prendre soin de toi.

— Pourquoi reviens-tu là-dessus ? dit Betsy
en rougissant. Cela n'a causé que trop de problèmes.

— C'est juste, admit Elizabeth. Parce que
Steve pensait qu'il devait te prendre totalement
en charge. Ce malentendu a été dissipé.

— Et l'autre promesse ?

— Celle-là, tu l'ignores. C'est moi qui l'ai faite à Patricia sur sa requête. Et c'est moi qui l'ai rompue. J'ai cru bien faire, alors. Mais aujourd'hui, je me demande si j'ai eu raison.

— Dis-moi de quoi il s'agit, je t'en prie. »

Elizabeth se cala dans le fauteuil et entrepit son récit.

« Tu sais, lorsque Pat a su qu'elle avait une leucémie, elle a décidé de cacher à Steve qu'elle était condamnée. Elle a rompu avec lui et fait semblant de ne plus l'aimer.

— Mais pourquoi ?

— Elle croyait qu'il l'oublierait et qu'il souffrirait moins, au moment de sa mort », confia Elizabeth.

Betsy se leva d'un mouvement brusque et se mit à arpenter la pièce.

« Je me souviens de leur rupture. Pat était si malheureuse, à ce moment-là ! Mais j'étais trop saoule ou trop droguée pour trouver la force de la questionner.

— Quand j'ai découvert que Pat était condamnée, reprit Elizabeth, elle m'a fait jurer de ne rien dire à Steven. J'ai d'abord gardé le secret. Et puis, j'ai pensé qu'ils seraient plus heureux tous les deux de passer ensemble les quelques semaines qu'elle avait encore à vivre. Alors, j'ai appris la vérité à mon frère.

— Ils ont vécu de très belles choses pendant cette période, dit Betsy en s'immobilisant. Tu as bien fait de parler.

— Tu crois ? lança Elizabeth en regardant son

amie bien en face. C'est ce que j'ai pensé à l'époque. Mais je me rends compte aujourd'hui que j'ai commis une terrible erreur.

— Mais en quoi ? s'écria Betsy.

— Pat avait vu juste. Si j'avais tenu la promesse que je lui avais faite, Steve se serait déjà remis de sa disparition. Alors que maintenant, il ne fait que souffrir chaque jour davantage. »

L'espace de quelques secondes, Betsy dévisagea Elizabeth sans comprendre. Puis tout prit son sens dans son esprit.

« Tu penses que c'est moi la responsable, n'est-ce pas ?

— Oui. En partie. »

De grosses larmes roulèrent sur les joues de Betsy.

« Mais comment peux-tu croire que je voudrais faire du mal à Steve ?

— Je suis sûre que ce n'est pas délibéré de ta part, affirma Elizabeth. Mais c'est bien ce qui est en train de se produire. Steve est incapable de se tourner vers l'avenir, parce que tu ne cesses de le ramener au passé.

— Je n'ai jamais vu les choses sous cet angle, expliqua Betsy. Tu comprends, je me sens tenue de garder vivant le souvenir de Pat. C'est une responsabilité écrasante. Nous sommes les seuls à pouvoir l'assumer, Steve et moi.

— Je sais, Betsy. Mais il est simple pour toi de garder Pat bien présente dans ton cœur et de vivre quand même ta vie, plaida Elizabeth. Il n'y a pas d'antagonisme entre tes souvenirs et ta liaison avec Jason. Les choses sont plus compliquées pour Steve.

— Je comprends ce que tu veux dire, dit Betsy à voix lente. Chaque fois qu'il a essayé de faire entrer Clara dans sa vie, je suis intervenue, je l'ai forcé à penser à Pat. »

Elizabeth hésita à poser la question qui lui venait aux lèvres.

« Tout le monde veut conserver le souvenir d'un être cher, Betsy. Mais toi, tu es encore si attachée au passé et à Pat. Pourquoi ? demanda-t-elle enfin.

— Tu ne le devines pas ? s'écria Betsy.

— Explique-moi.

— J'essaie d'être une bonne sœur pour Pat, maintenant qu'elle n'est plus là parce que... j'ai été si lamentable avec elle lorsqu'elle était encore vivante ! » confessa Betsy en s'effondrant en sanglots.

Elizabeth alla l'entourer d'un bras réconfortant. Betsy pleura ainsi un long moment. Puis elle se reprit un peu et confia à son amie les choses qui lui pesaient sur le cœur.

« Nous formions une famille tout à fait normale, avant que ma mère tombe malade. Et puis elle est morte et tout s'est effondré. Mon père s'est mis à boire. J'étais encore gamine quand je me suis mise à l'imiter. C'était notre façon d'oublier à tous les deux. Pat était la seule à avoir du caractère. Elle s'est toujours dévouée pour nous. Mais elle avait besoin, elle aussi, qu'on s'occupe d'elle. Et je n'ai jamais été là pour la soutenir.

140

— Pat savait que tu l'aimais beaucoup, intervint vivement Elizabeth.

— Bien sûr. C'était pour ça que c'était une sœur merveilleuse. Elle était bonne et indulgente. Elle a toujours essayé de m'aider à renoncer à la drogue et à me ressaisir.

— Et tu y es parvenue, dit Elizabeth d'un ton encourageant. Elle serait fière de toi.

— Oh, j'ai réussi, c'est vrai. Mais un peu tard. Comme je suis arrivée trop tard à l'hôpital pour la voir une dernière fois avant sa mort, lâcha Betsy, bourrelée de remords.

— Betsy, écoute, il y a une chance qui s'offre à toi, reprit Elizabeth. Une chance que peu de gens ont. Tu peux réaliser le dernier souhait de ta sœur.

— Oui ? dit son amie avec espoir.

— Tu sais maintenant que Pat voulait rendre Steve libre de tout lien avec elle, pour qu'il puisse vivre sa vie.

— Oui.

— Alors, tu dois faire comprendre ça à Steve. Tu es la seule à le pouvoir. En famille, nous n'y avons pas réussi.

— Tu veux que je lui téléphone ? dit Betsy avec vivacité. Je peux le faire tout de suite.

— Il y a un autre problème, soupira Elizabeth. Je ne crois pas qu'une discussion parviendrait à convaincre Steve, en ce moment. Il ne sait plus où il en est. Et puis, il a blessé Clara. Je me demande s'ils pourront avoir, un jour, une relation normale. »

Betsy resta pensive quelques instants. Quand elle reprit la parole, ce fut avec détermination.

« C'est moi qui suis en grande partie responsable de ce qui se passe. Donc, je devrais pouvoir être capable de réparer mon propre gâchis et de les réunir.

— Mais comment ? interrogea Elizabeth.

— Je dois trouver le moyen de faire comprendre à Steve qu'il doit se tourner vers l'avenir. C'est ce que Pat voulait et c'est ce que je veux aussi.

— Un désir bien difficile à réaliser », observa Elizabeth.

Betsy lui adressa un sourire énigmatique.

« En effet, dit-elle. Mais je crois que je sais comment procéder. »

15

*O*n était à la tombée du jour. Steven arpentait le trottoir, sous la grosse horloge qui ornait la façade du lycée. Il s'interrogeait encore sur l'étrange message que sa mère avait laissé à son intention sur son bureau.

Steven était sorti faire une balade à bicyclette, pour apaiser un peu son esprit tourmenté. Quand il était revenu à la maison, tout le monde était sorti. Il était donc monté dans sa chambre, pour voir si on lui avait laissé un petit mot à l'endroit réservé à cet effet. Le papier qu'il avait trouvé était ainsi libellé : "Nous sommes partis au restaurant. Il y a de quoi manger dans le frigo, si tu as faim. *N'oublie pas* ton rendez-vous devant l'horloge du lycée." Steven avait cherché à rappeler ses souvenirs. En vain, il ne voyait pas à qui il avait fait pareille promesse. Et pourtant, cela semblait important, puisque sa mère avait souligné les mots : "N'oublie pas".

Steven s'était présenté à l'endroit convenu avec dix minutes d'avance, par précaution. Personne ne se trouvait dans les parages. Il n'avait vu que Teddy, le fils de six ans de Roger Collins. Le professeur habitait à proximité du campus et le garçonnet venait souvent rouler à bicyclette sur la vaste pelouse du lycée. Steven et Teddy étaient de "vieilles connaissances" et le gamin l'avait gentiment salué de la main à son arrivée.

Ainsi qu'il l'avait déjà fait à plusieurs reprises, Steven consulta sa montre, vit qu'il était sept heures cinq, se dit qu'on avait dû lui faire une blague. Il envisageait de s'en aller lorsqu'un léger bruit attira son attention. Il se retourna et vit Clara surgir de la pénombre. La surprise se peignit simultanément sur le visage des deux jeunes gens. Puis ils se dévisagèrent, hésitants.

« Clara, que fais-tu là ? interrogea Steven.

— J'allais te demander la même chose, figure-toi ! s'indigna Clara, offusquée par le ton qu'il avait pris.

— Ma mère m'a transmis un message. On me demandait de retrouver quelqu'un ici, expliqua Steven.

— C'est drôle, dit Clara. Moi aussi. »

Elle tira un papier froissé de son sac et le tendit à Steven, qui prit connaissance de son contenu. Il était identique à celui que sa mère lui avait laissé.

« Alors, tu n'y es pour rien ?

— Rien du tout, répondit Clara, glaciale.

— Écoute, Clara, je ne veux pas me disputer

avec toi. Et puis, je suis content d'avoir l'occasion de te parler seul à seul. »

Clara se détourna.

« Steve, nous nous sommes déjà fait assez de mal comme ça. N'envenimons pas les choses. »

Les deux jeunes gens restèrent à quelque distance l'un de l'autre, embarrassés et silencieux.

« Je me demande qui a manigancé ça, finit par dire Steven.

— Sans doute l'une des jumelles, énonça Clara en se décidant à le regarder. Jessica, j'imagine.

— Je n'en suis pas si sûr. Ma mère ne se prêterait jamais à une chose de ce genre.

— Remarque, la mienne m'aurait précisé que c'était Jessica qui avait appelé, si c'était le cas. Elle connaît très bien sa voix. »

Il y eut un nouveau silence. Puis Steven fit un pas et entoura Clara de son bras.

« Puisque quelqu'un s'est donné la peine de nous faire venir jusqu'ici, nous pourrions au moins essayer de remettre les choses en place ? »

Le geste de Steven tempéra la froideur de Clara.

« D'accord. Mais il me semble qu'il n'y a pas grand-chose à discuter. Tu as toi-même admis que tu ne te sentais pas libre de sortir avec une fille. »

A cet instant précis, Teddy se rapprocha du couple, sur sa bicyclette et le héla.

« Steve ! Clara ! Venez par ici !

— Pourquoi ? Tu as un problème ? lança Steven.

— J'ai quelque chose à vous donner. »

Les deux jeunes gens se dévisagèrent, perplexes.

« Il a dû trouver quelque chose, suggéra Clara à Steven. Faisons-lui plaisir, obéissons-lui. »

Tous deux se rapprochèrent de Teddy et virent alors avec étonnement qu'il tenait à la main deux petits paquets identiques. Ils étaient enveloppés avec goût et une petite carte accompagnait chacun d'eux. L'une portait le nom de Steven, l'autre celui de Clara.

« Qui t'a donné ça, Teddy ? interrogea Steven.

— Je ne dois pas vous le dire, répondit Teddy.

— Est-ce que c'est un inconnu qui te les as remis ? s'enquit Clara avec inquiétude. Tu sais que tu ne dois pas parler à des gens que tu ne connais pas.

— Pff ! fit Teddy. Si, je les connais.

— Ils sont plusieurs, souffla Steven à Clara. Le mystère s'épaissit. Eh bien, jeune homme, donne-nous ce qui nous revient. »

Après avoir déchiffré les petites cartes avec soin, Teddy remit d'un air solennel à chacun de ses amis le paquet qui lui était destiné. Puis il sourit, content d'avoir si bien rempli sa mission.

« Merci ! » s'écrièrent en chœur Steven et Clara. Ils saluèrent de la main le garçonnet qui s'éloignait déjà. Puis ils allèrent s'asseoir sur les marches d'accès du lycée.

« On les ouvre ? risqua Steven.

— Bien sûr ! rétorqua Clara en s'exécutant. J'ai hâte d'avoir la clef du mystère ! »

Tous deux exprimèrent la plus totale surprise, lorsqu'ils eurent découvert le contenu de leurs paquets. Clara tenait à la main un superbe portrait au fusain de Steven, qui restituait à la perfection son beau visage ouvert. Et Steven, un portrait de Clara qui rendait justice à la beauté du modèle.

« Je ne connais qu'une seule personne capable de les avoir dessinés, dit Steven d'un air songeur. Betsy.

— Mais... Pourquoi aurait-elle eu un tel geste ? s'étonna Clara. Elle ne veut pas qu'on soit ensemble.

— Tu ne comprends pas ? expliqua Steven d'une voix soudain vibrante de joie et d'excitation. Elle a changé d'avis ! »

Clara remarqua alors une feuille de papier tombée sur le sol.

« Regarde, on dirait qu'il y avait aussi une lettre dans ton paquet.

— Tu as raison, dit Steven en ramassant le feuillet. Oui, elle est de Betsy. »

Et il se mit à lire à voix haute :

« Cher Steve,

J'ai enfin admis ce que Pat avait compris depuis longtemps : un garçon aussi merveilleux que toi doit se tourner vers l'avenir, et non vers le passé. Tu as rendu ma sœur très heureuse pendant sa vie. Maintenant, il est temps pour toi d'apporter ton soutien et ton affection à quelqu'un d'autre. Obéis au vœu de Pat, Steve : cueille la vie et les choses magnifiques qu'elle a à t'offrir.

Avec toute mon affection, Betsy. »

Steven fut si ému par le geste de Betsy qu'il en resta un moment sans voix. Tout venait de changer, à ses yeux. Il finit par se tourner vers Clara qui restait silencieuse auprès de lui.

« Je... je..., balbutia-t-il.

— Je sais, Steve. Il est temps de recommencer à vivre. Et je serai à tes côtés, si tu veux encore de moi. »

Steven prit Clara entre ses bras.

« Cela va de soi, voyons. Oui, oui, je veux bien de toi », dit-il en l'embrassant avec tendresse.

Son cœur débordait. Et il avait l'impression que, quelque part, Patricia souriait à son bonheur.

16

*I*l régnait un vacarme infernal dans la cafétéria du lycée. La table où se trouvait Elizabeth était l'une des plus bruyantes. Winston alignait des livres les uns contre les autres et s'amusait à les faire tomber en cascade comme un jeu de cartes. Bruce Patman et Charlie Markus, un de ses copains de l'équipe de tennis, discutaient avec passion des mérites comparés de Mc Enroe et de Connors. Elizabeth tentait d'expliquer un exercice de maths à Enid, et Lila Fowler et Sandy Bacon se moquaient de Jessica. Elles trouvaient "tordant" que Betsy Martin eût si vite réussi à réunir Steven et Clara alors que Jessica elle-même avait comploté dans ce but des mois durant sans parvenir à ses fins. Un comble ! Jessica, qui n'était jamais en peine d'arguments, soulignait qu'elle avait accompli l'acte *décisif* en rapprochant son frère et son amie. Betsy n'avait fait, selon elle, qu'apporter la touche finale à son œuvre.

Emily Mayer était la seule à garder le silence. Elle restait dans son coin, tête baissée, et Elizabeth, que sa jumelle avait mise au courant de la situation familiale de leur camarade, jetait de temps en temps vers elle un regard inquiet.

« Ohé ! Emily ! lança soudain Guy Chesney à l'autre bout de la table, le groupe peut répéter chez toi, ce soir ?

— Je... je ne crois pas », balbutia Emily.

Elle se leva tout à coup, ramassa ses livres et partit précipitamment.

« Enid, je reviens tout de suite », dit aussitôt Elizabeth en s'élançant à la poursuite de leur camarade.

Elle ne tarda pas à la retrouver aux toilettes des filles, seule près d'un lavabo, et en pleurs.

« Emily ? » risqua-t-elle.

Emily releva la tête, tressaillit en la voyant.

« Oh, c'est toi, Liz. Laisse-moi seule. S'il te plaît.

— Tu n'as pas l'air d'aller bien. Je ne peux pas t'aider ?

— Non, personne ne peut, lâcha Emily en détournant le visage. Mon père veut me faire quitter Sun Valley !

— Emily, voyons, ce n'est pas possible.

— Oh si ! Je l'ai entendu parler à ma belle-mère. Il lui disait qu'il était temps que j'aille en pension. Et Karen était d'accord, bien sûr.

150

— Ils croient peut-être que tu es malheureuse à la maison, observa Elizabeth avec sollicitude.

— Ce sont plutôt eux qui sont malheureux de m'y voir, oui ! jeta Emily avec amertume. Oh, Elizabeth, que vais-je pouvoir faire ? poursuivit-elle d'une voix bouleversée. J'adore Sun Valley ! Je ne veux pas en partir ! »

Emily pourra-t-elle
demeurer à Sun Valley ?
Vous le saurez en lisant
C'EST TROP INJUSTE
à paraître dans la même collection

 **Sun Valley**

Enfin des livres
qui vous font entrer dans la vie :

*Etes-vous tendre, affectueuse, sincère, désintéressée
comme Elizabeth?*
*Connaissez-vous une fille coquette, intrigante,
menteuse, arriviste comme Jessica?*
*Les sœurs jumelles de SUN VALLEY vous invitent à
partager leurs secrets.*

401 LA PREUVE CACHÉE   Francine PASCAL

« Enid! s'exclama Jessica d'un ton méprisant. Je me
demande ce que ma propre sœur peut trouver à cette
godiche.

« Voyons, Jess. Enid est une jeune fille très
sympathique. Liz et elle ont beaucoup de points
communs.

– Mais maman, elles sont là toute la journée à
comploter!

– J'ai l'impression que tu es un peu jalouse. Elles se
préparent pour le bal d'Automne, voilà tout.

– Ne t'inquiète pas, d'une façon ou d'une autre je
saurai bien ce qu'elles manigancent!... »

402 NE M'APPROCHE PAS   Francine PASCAL

« Liz, viens voir! J'ai acheté une robe fantastique au
Boston Shop.

– Quoi? Tu es entrée là-dedans? Tu avais juré de ne
jamais mettre les pieds dans ce magasin de snobs.

– Oh, c'était «avant»... D'ailleurs Bruce trouve que
c'est vraiment très mode.

– Justement, Jessica. Je voulais t'en parler.

– Ah oui?

– Tu ne t'étonnes pas qu'un garçon, qui, pendant
six mois te fuyait comme la peste, te tombe
maintenant dans les bras, sans raison?

– Sans raison! Tu parles! J'ai l'impression que c'est
TOI qui lui faisais peur! »

403 TU LE PAIERAS   Francine PASCAL

« Quoi ? Tu veux faire entrer Marian Wilson au club
du lycée ? Tu ne vois pas la touche qu'elle a à côté de
Lila, Karen et des autres ? Un vrai boudin ! On va se
moquer de nous ! Non, vraiment, Liz, tu rêves ! »
Elizabeth poussa un soupir.
« Je t'en prie, Jessica, arrête. J'ai promis. Et puis, je
te rappelle que Marian est ton amie, et pas la
mienne !
– Mon amie ! Ce n'est pas ma faute si elle est un peu
collante !
– De toute façon, Jessica, il n'y a pas à revenir là-
dessus. Je... »
Elizabeth n'eut pas le temps de finir : la porte claqua
derrière cette menace :
« C'est ce qu'on verra ! »

404 UNE NUIT D'ATTENTE   Francine PASCAL

« J'y vais », lança Elizabeth à sa mère tout en courant
décrocher le téléphone. C'était Jessica.
« Mais où es-tu ? Je t'ai attendue toute la nuit.
Est-ce que tu te rends compte...
– Liz, je t'en prie, c'est une longue histoire. Je te
raconterai plus tard. »
Elle semblait au bord des larmes.
« Tu ne peux pas savoir ce que j'ai enduré. Je... je ne
supporterais pas que les parents l'apprennent. »
Dans quel pétrin Jessica s'était-elle encore fourrée...
et comment sa sœur allait-elle cacher son absence ?...

405 NE JOUE PAS À ÇA   Francine PASCAL

« Liz ! Pense à tes parents.
– Eh bien quoi, mes parents... ?
– Je leur ai donné ma parole de ne jamais t'emmener à
moto.
– Écoute, Todd, ce n'est pas toi qui m'emmènes, c'est
moi qui insiste pour essayer au moins une fois. Je veux
savoir l'effet que ça fait...
– Et Jessica ! Elle devait venir te chercher, non ?
– Elle ne viendra plus, tu la connais... Allez, Todd,
accepte... C'est très important pour moi ! »
A contrecœur, Todd la laissa grimper sur le siège
arrière de sa moto. Au moment de démarrer, pourtant,
un curieux pressentiment l'envahit...

« Dis donc, Jess, quelle mouche a piqué ta sœur, ce
soir ?
– Qu'est-ce que tu veux dire, Clara ? »
Jessica releva la tête au-dessus des piles de sandwiches
qu'elle disposait avec soin.
« Je ne sais pas, mais j'ai l'impression qu'elle drague
tous les garçons !
– Elle a bien le droit de s'amuser !
– Bien sûr Jess, mais depuis son accident, Liz,
ta petite sœur modèle, se conduit comme une
intrigante. »

407 C'EST PLUS FORT QUE TOI   Francine PASCAL

« Tu sais, Liz, Todd est content de retrouver Patsy,
c'est tout. Ils sortaient ensemble avant qu'elle parte
pour l'Europe, il y a deux ans.
– Alors ils n'ont pas rompu ? Tu peux me dire la vérité,
Olivia.
– Ben… non, je ne crois pas. Mais ça ne signifie rien,
Liz, tout ça c'est du passé ! »
Élizabeth ne savait plus que penser. La jalousie lui
paraissait ridicule, pourtant elle ne pouvait s'empêcher
de haïr de plus en plus cette Patsy. C'était plus fort
qu'elle…

408 TU NE CHANGERAS JAMAIS   Francine PASCAL

« Alors, Jess, le boulot, toujours aussi intéressant ?
demanda Elizabeth.
– Ouais, bof, j'ai passé ma soirée au bureau à classer
des papiers, tu sais ce que c'est !
– Et comment s'appelle-t-il ? continua sa sœur d'un
ton neutre.
– Je ne vois pas de quoi tu parles.
– Inutile de me raconter des bobards, Jess. Je sais
tout.
– Alors comme ça, tu m'espionnes ! » cria Jessica.
Liz connaissait trop bien sa jumelle pour
comprendre que ce « travail » n'était qu'un prétexte…
Décidément Jessica ne changerait jamais…

409 NE LA CROYEZ PAS — Francine PASCAL

« Quel culot ! Devine qui s'est inscrite pour le concours des majorettes ? » Jessica fixait la feuille de papier, les yeux brillants d'indignation.
« Qui ? s'impatienta Liz.
– Anny Whitman ! Je n'aurais jamais cru que cette fille serait assez gonflée pour...
– Tu te trompes, Jess, elle a beaucoup changé.
– C'est hors de question ! Anny Whitman qui sort avec tous les garçons du lycée !
– Elle travaille dur maintenant et une place dans votre troupe l'encouragerait à continuer.
– Tu parles ! C'est ce qu'elle veut faire croire... »

410 C'ÉTAIT TROP BEAU — Francine PASCAL

« Quinze jours à New York ! Oh, je n'arrive toujours pas à y croire ! s'écria Jessica. Liz, c'est trop beau pour être vrai !
– Tu ferais mieux de te presser, avertit Elizabeth, l'embarquement va être annoncé d'une minute à l'autre.
– En plus, il paraît qu'il y a des tas de garçons super à New York !
– A ta place, Jess, je me méfierais des princes charmants... »
Mais Jessica n'écoutait plus. Et déjà les lumières de Manhattan s'allumaient pour elle...

411 NE LUI DIS RIEN — Francine PASCAL

Elizabeth prit la main de son frère :
« Crois-moi, Steve, Patricia a toujours été sincère. Elle a peut-être des problèmes.
– Oh Liz ! Le malheureux a le cœur brisé et c'est tout ce que tu trouves à dire ! » s'exclame Jessica.
L'air inquiet, Steve se renversa sur son lit.
« Il se passe quelque chose, mais Pat ne veut rien me dire. Et en plus elle croit que c'est moi qui ne l'aime plus. Je donnerais tout pour savoir... »
Liz devait-elle rompre son serment et révéler le terrible secret que Patricia lui avait confié ?

Bientôt huit heures ! Jessica trépignait dans le salon.
« C'est toujours pareil ! Nous sommes invitées à la
soirée la plus chic de Sun Valley et Liz est en retard !
Tant pis pour elle, j'y vais ! »
Jessica enfila son manteau. Mais au moment de sortir,
un sentiment de culpabilité l'envahit. Elle avait
l'impression que Liz était en danger et qu'elle
l'appelait...
Elle hésita un instant et ouvrit la porte : une fois de
plus, elle cédait à son égoïsme.

« Elizabeth ! Nicholas ! Qu'est-ce que vous faites là ? »
En un éclair, Elizabeth décida de tenter le tout pour le
tout. Elle imita l'irrésistible « sourire Jessica ».
« Tu rigoles, Todd ! Ne me dis pas que tu ne fais pas
encore la différence entre Liz et moi ! »
Bouche bée, Todd la dévisageait avec des yeux ronds.
« C'est Elizabeth, c'est forcément elle ! » pensa-t-il...
A quoi jouait Elizabeth ? Pourquoi avait-elle accepté
de sortir avec Nicholas alors qu'elle aimait sincèrement
Todd ?

« Promets-moi, Steve, de t'occuper de ma sœur Betsy,
elle n'aura plus personne après moi...
– Je te le promets, Pat », souffla-t-il.
Patricia laissa échapper un soupir. Cette conversation
l'avait épuisée.
« Je suis lasse maintenant, j'ai besoin de dormir. »
Sa voix était à peine audible.
« Oui », chuchota Steve au moment où son amie
fermait les yeux pour la dernière fois...
Steve ne se doutait pas que cette promesse d'héberger
Betsy lui attirerait les pires ennuis. C'était oublier
un peu vite l'insupportable Jessica !

415 JEU DE SNOBS Francine PASCAL

Tout Sun Valley est en émoi !
Dans la même semaine, Roger Barrett perd sa mère
très malade, apprend qu'il est en fait le cousin de
Bruce Patman et devient donc membre à part entière
de la famille la plus riche de la ville.
Si Liz reste assez indifférente à cette agitation,
plaignant surtout le pauvre Roger complètement
déboussolé, Jessica, au contraire, compte bien profiter
de la situation.
Et pour séduire le nouvel héritier, elle décide
désormais d'adopter un train de vie un peu plus
snob...

416 JUSQU'OÙ IRAS-TU ? Francine PASCAL

« Oh oui ! dit Caroline, élevant la voix en entendant
rentrer Jessica. Oui, moi aussi. J'ai été si heureuse de
recevoir ta lettre ce matin. »
Il n'était pas facile d'entretenir une conversation
imaginaire. Caroline trouva un prétexte pour écourter
le «dialogue».
« Je t'écrirai ce soir, oui, je t'aime. Au revoir, Adam. »
Depuis quelques jours, Caroline se téléphonait à
elle-même et s'envoyait des lettres enflammées.
Tout ça pour que l'on fasse un peu plus attention à
elle ! Jusqu'où sa supercherie pourrait-elle aller ?
Caroline réussit à ce que tout le lycée de Sun Valley
parle d'elle, mais pas comme elle l'aurait voulu...

417 TU PERDS LA TÊTE Francine PASCAL

Jessica parcourut d'un regard absent le campus du
lycée. Tout à coup elle sursauta et colla son nez contre
le pare-brise.
« Hé ! Dis-moi que je n'ai pas des visions ! Regarde là !
Regina Morrow dans la bagnole du Bruce Patman !
– Non, tu ne rêves pas, confirma Elizabeth en
franchissant la barrière du parking, on les a vus
souvent ensemble ces derniers temps.

– Je me demande ce que Regina peut bien trouver à ce mufle… »
Évidemment Jessica ne peut pas oublier que c'est Bruce Patman qui l'a laissée tomber il y a quelques mois, et la jalousie risque de lui faire perdre la tête.

418 CELA DEVAIT ARRIVER   Francine PASCAL

« Bon sang ! s'exclama Jessica. Qu'est-ce que j'ai fait pour avoir une sœur aussi stupide ! C'est justement le côté mystérieux de Jack qui le rend si fascinant. »
Elizabeth essaya encore une fois de raisonner Jessica.
« Ce garçon ne m'inspire pas confiance. On dirait qu'il a quelque chose à cacher. »
Elizabeth avait pourtant tenté de mettre sa sœur en garde mais Jessica n'écoutait jamais les conseils de sa sœur, et ce qui devait arriver arriva…

419 COUP DE THÉÂTRE   Francine PASCAL

« Tu sais, Jess, si Enid est dans un fauteuil roulant c'est à cause de George ;
– Enfin, Liz, tu ne penses tout de même pas qu'il est responsable de leur accident d'avion ?
– Non, mais il aime une autre fille, et je suis sûre que sans l'amour de George, Enid ne marchera jamais plus. »
Elizabeth est désespérée de voir que sa meilleure amie n'a plus envie de lutter. Si Enid ne réagit pas, elle restera paralysée toute sa vie, à moins qu'il ne se produise un coup de théâtre.

420 TU AVAIS TORT   Francine PASCAL

La stupéfaction se peignit sur le visage de Jessica.
« Hein ? Steve a largué la fac ?
– Oui. Enfin, jusqu'à la rentrée du prochain trimestre.
– Ce n'est quand même pas à cause de Pat ? »
Elizabeth hocha la tête.
« Il n'arrive pas à se remettre. C'est très dur pour lui. »

Steve avait été bouleversé par la mort de celle qu'il aimait. L'épreuve avait été terrible. Le temps n'avait fait qu'accroître son chagrin et sa solitude.
Jessica décida brusquement :
« Je vais lui changer les idées, moi. Tu verras ! »
Une fois de plus, elle avait tort.

421 N'EXAGÈRE PAS !   Francine PASCAL

« Et si on organisait une fête, proposa Jessica, ce serait plutôt sympa, tu ne ne crois pas ?
– Jessica ! gronda Elizabeth. Comment peux-tu songer à organiser quoi que ce soit pendant que les parents sont au Mexique. Ils seraient furieux s'ils l'apprenaient.
– Oui, mais voilà, ils n'en sauront rien. Il ne s'agit pas d'une grande fête. Lila et moi on a décidé d'inviter quelques copains. Une dizaine, pas plus. Tu peux en parler à Todd.
– Je t'en prie, Jess, laisse-nous en dehors du coup. J'ai assez d'ennuis comme ça. J'imagine déjà les catastrophes qui vont pleuvoir. Vraiment, tu exagères ! »

422 LAISSEZ-MOI FAIRE   Francine PASCAL

« Liz, je peux te poser une question indiscrète ?
– Bien sûr, Steve !
– Dis-moi, quel genre de relation auras-tu avec Todd, quand il sera à deux mille kilomètres d'ici ?
– Tu parles de fidélité, je suppose. Eh bien, on ne s'est pas encore posé la question », avoua-t-elle.
Todd, l'ami d'Élizabeth, part vivre dans le Vermont. Steve, lui, vit toujours en pensant à son amie Pat. Jessica a trouvé du travail dans une agence matrimoniale et elle compte bien mettre à profit sa situation pour secourir ces deux solitaires.
S'ils veulent bien la laisser faire…

Sun Valley

IMPRIMÉ EN FRANCE PAR BRODARD ET TAUPIN
Usine de La Flèche, 72200.
Loi n° 49-956 du 16 juillet 1949 sur les publications destinées à la jeunesse.
Dépôt : février 1988.